Arthur Hantke

**Die Chronik des Gislebert von Mons**

Arthur Hantke

**Die Chronik des Gislebert von Mons**

ISBN/EAN: 9783743340404

Hergestellt in Europa, USA, Kanada, Australien, Japan

Cover: Foto ©Raphael Reischuk / pixelio.de

Manufactured and distributed by brebook publishing software (www.brebook.com)

Arthur Hantke

**Die Chronik des Gislebert von Mons**

# DIE CHRONIK

DES

# GISLEBERT VON MONS

VON

ARTHUR HANTKE.

LEIPZIG
DUNCKER & HUMBLOT
1871.

# VORWORT DES HERAUSGEBERS.

Der Verfasser dieser Arbeit, Arthur Hantke, war am 19. Juni 1846 zu Posen geboren. Er besuchte das dortige Friedrich-Wilhelms-Gymnasium bis zur Sekunda, hier musste er andauernder Kränklichkeit halber die Anstalt verlassen. Während der drei Jahre, die er hierauf als Lehrling in einem Geschäfte seiner Vaterstadt und der anderthalb Jahre, die er als Commis in Berlin zubrachte, beschäftigte er sich, trotz des gewissenhaften Eifers für seine Berufspflichten, in seinen nächtlichen Mussestunden unermüdlich mit historischen und literarischen Studien. Der Drang nach gründlichen und systematischen Kenntnissen, ein Hauptcharakterzug seines Wesens, veranlasste ihn endlich, eine fast gesicherte Lebensstellung aufzugeben, um wieder auf die Schulbank zurückzukehren. Nach sechsmonatlicher Vorbereitung kam er im 20. Jahre nach der Prima desselben Gymnasiums, das er als Knabe besucht hatte, und verliess es nach einem Jahre mit einem glänzenden Zeugnisse, das von seiner seltenen Begabung und seinem kritischen Verstande grosse Hoffnungen für die Zukunft aussprach.

Leider knickte ein frühzeitiger Tod alle in ihn gelegten edlen Keime. Nachdem der hoffnungsvolle Jüngling anderthalb Jahre auf der Universität zu Berlin und ein und ein viertel Jahr in Göttingen sich vornehmlich den historischen Wissenschaften gewidmet hatte, starb er nach beinahe dreimonatlicher Krankheit in der Blüthe der Jahre am 6. August dieses Jahres in seiner Geburtsstadt. Im letzten Lebensjahre hatte sich der Verfasser eingehend mit der Feststellung des Gehalts und Werthes der erst in jüngerer Zeit in ihrer Bedeutung erkannten Chronik des Gislebert von Mons beschäftigt. Der vorliegende Theil eines beabsichtigten grösseren Ganzen war von ihm zur Herausgabe vorbereitet worden. Die Anerkennung, welche Herr Professor Waitz dieser Arbeit im Manuscript hatte zu Theil werden lassen und die hohe Befriedigung, welche im Schaffen liegt, gab dem schwer Kranken die Kraft, noch bis in seine letzten Lebenstage sich mit ihr zu beschäftigen. Mit unsicherer Hand in Bleistiftzügen versuchte er noch eine Vorrede aufs Papier zu werfen, in welcher der allzufrüh Dahingeschiedene „dankbar der grossen Förderung, die auch diese Arbeit durch den hochverehrten Lehrer, den Herrn Professor Dr. Waitz, erfahren", gedachte.

Wie Herr Prof. Waitz die Anregung zu dieser Arbeit gegeben, wie er dem Verfasser mit seinem Rathe zur Seite gestanden, so flösst er auch den Zurückbleibenden den Muth ein, diese Abhandlung der Oeffentlichkeit zu übergeben. In einem Briefe desselben an die trauernden Eltern heisst es von dem Verstorbenen: „Eine tüchtige viel versprechende Kraft, eine edle, ernste Natur ist früh zu Grabe getragen! — Mir wird sein Andenken unvergesslich sein, und ich würde mich freuen, wenn dasselbe durch Bekanntmachung seiner hinterlassenen Arbeit auch in weiteren Kreisen bewahrt bleibt".

Die Familie des Verstorbenen hat den Unterzeichneten mit der Herausgabe dieses Bruchstückes[1], das aber immerhin ein in sich

---

[1] Im Plane des Verfassers lag es, in einer späteren Abtheilung die Zuverlässigkeit des Gislebert von Mons an einzelnen Nachrichten zu prüfen, und zwar zuerst an den fremden Quellen entlehnten, um womöglich festzustellen, ob er gute Quellen und wie er sie benutzt habe; dann — mit Zugrundelegung der in diesen ersten fünf Kapiteln gewonnenen Resultate — an den eignen Berichten, ferner Einiges über seinen Sprachgebrauch hinzuzufügen und endlich auf solche Aufschlüsse hinzuweisen, die für manche Rechtsverhältnisse zu gewinnen wären. Die Krankheit des Verfassers und

abgeschlossenes Ganze bildet, betraut, und es wird hiermit ohne Zuthaten und nur mit den unvermeidlichen redaktionellen Aenderungen der Oeffentlichkeit vorgelegt.

Möge das ernste Wollen und das feste Streben, das sich in dieser Arbeit offenbart, in Berufskreisen die wohlverdiente Anerkennung finden!

Posen, October 1870.

Dr. M. Jutrosinski.

---

sein früher Tod haben ihn gehindert, das vorgesetzte Werk auszuführen, wie sie es ihm auch unmöglich machten, eine letzte Hand, wie er beabsichtigte, an diesen ersten Theil der Arbeit zu legen.

Diese Bemerkung füge ich für solche Studierende hinzu, die sich etwa mit demselben Thema befassen und welche die vorhandenen schriftlichen Vorarbeiten einsehen wollten. Der Vater des Verstorbenen, Herr Sanitätsrath Dr. Hantke in Posen, ist für den Fall gern bereit, die hinterbliebenen Materialien und Aufzeichnungen zur Benutzung zu überlassen.

Der Herausgeber.

# INHALT.

|  | S. |
|---|---|
| Vorwort des Herausgebers | V |
| Kap. I. Lebensschicksale des Gislebert von Mons | 1 |
| Kap. II. Charakteristik des Verfassers | 10 |
| Kap. III. Richtung und Plan der Chronik | 24 |
| Kap. IV. Form des Werkes | 34 |
| Kap. V. Zeit der Abfassung | 48 |

## Kap. I.

## LEBENSSCHICKSALE DES VERFASSERS.

Um ein möglichst vollständiges Bild von der Persönlichkeit des Chronisten zu erhalten, müssen wir zunächst nach seinen Lebensschicksalen fragen. Theils kann ich hierfür auf den Bericht verweisen, den W. Arndt in seiner Vorrede zu der Chronik [1] nach den uns zugänglichen Quellen, der Chronik selbst und einer Reihe von Urkunden hierüber gegeben hat; doch kann' ich es mir nicht versagen, in einer kurzen Uebersicht mehrere Punkte etwas eingehender zu besprechen.

Zuerst fertigt ein Gislebert 1175 als Kapellan, dann 1178 als Kapellan und Kanzler des Grafen Balduin V von Hennegau Urkunden desselben aus [2]. Es kann billig bezweifelt werden, ob dies unser G. sei, der sich in den folgenden Urkunden von November 1180 bis

---

[1] Monumenta Germaniae. SS. XXI p. 485 ff.; die Regesten Gisleberts p. 481—485. Die Citate aus der Chronik werden nach dieser Ausgabe geschehen.

[2] Arndt Reg. Nr. 1. 2. In der Vorrede zum Receuil des historiens des Gaules et de la France tom. XIII p. LV heisst es ohne weitere Bemerkung: „Cancellarii munus in aula Balduini IV, Hannoniae Comitis, anno 1171 demortui, eum obiisse narrant Albertus Fabricius ac Lewardus Hannoniae Historiographus". Nun nennt ihn aber Alb. Fabricius (Bibliotheca Latina Mediae & Infimae Latinitatis. Pataviae 1754. s. v. Gilbertus) „Praepositus Ecclesiae S. Waldetrudis (statt S. Germain) in urbe Montensi apud Hannomo-Balduini Magnanimi, Flandriae & Hannoniae Comitis, anno 1170 defuncti.

November 1183 beständig als „secundus notarius" des Grafen bezeichnet[1]) und erst 1184 [2]) notarius, 1188 und 1192 [3]) cancellarius heisst, während er sich in der Chronik zuerst Mai 1184 als notarius nennt [4]). — In Flandern stand der Kanzler, der jedesmalige Propst von S. Donatian in Brügge, an der Spitze einer grossen Kanzlei, ihm gestehen die Grafen von Flandern das „Magisterium meorum Notariorum et Capellanorum et omnium Clericorum in Curia Comitis servientium" urkundlich zu [5]); analoge Verhältnisse dürfen wir wohl im Hennegau annehmen, dessen Hof ja zu dieser Zeit nicht minder ausgebildet war [6]). Und wenn es in den Ministeria Curiae heisst, G. sei „a pueritia sua" in der Hennegauer Curie gewesen [7]), so stimmt damit sehr wohl überein, dass er uns zuerst in einer mehr untergeordneten Stellung entgegentritt. — Auf die Zeit seiner Geburt wage ich hieraus nicht zu schliessen: würde er uns danach in Urkunden auch erst 1180 begegnen, so kann er deshalb doch schon viel früher in der Curie

Cancellarius", so dass also Beiname und Titel des Grafen auf Balduin V und nur das Todesjahr annähernd auf Balduin IV († 1171) passen; Fabr. weiss übrigens von der Chronik nur aus einer Bemerkung des Miraeus. — Dass Delewarde (Histoire générale du Hainaut. 4 Bde Mons 1718) behaupte, Gislebert sei Kanzler bei Balduin IV gewesen, habe ich nicht gefunden; auch ist es mir durchaus unwahrscheinlich, da Del., wie auch sonst in einem grossen Theile seines Werkes, so namentlich in den Angaben über G. vollständig abhängig von dessen Chronik ist. — Es ist also nicht daran zu denken, dass Fabr. oder Del. hierüber eine Nachricht gehabt hätten, die uns unbekannt wäre.

[1]) Arndt Reg. Nr. 3—6. 9; — Nr. 8, April 1183, heisst er „clericus comitis Hainoensis"; doch rührt die Ausfertigung von dem Lütticher Notar her („per manus Jonae clerici mei"). Nr. 7 heisst er ebenfalls „clericus"; diese Urkunde ist aber von Arndt ohne alle Berechtigung in das Jahr 1183 gesetzt und gehört wahrscheinlich in das Jahr 1185. Uebrigens ist der Ausdruck „clericus" ein viel allgemeinerer.

[2]) Arndt Reg. Nr. 10.
[3]) Arndt Reg. Nr. 11—12.
[4]) p. 540.
[5]) 1089 und 1183. Miraei Opera dipl. et histor. tom. III p. 566. II p. 1188.
[6]) S. die Ministeria Curiae. Appendix I zu Arndts Ausgabe (p. 602—605). Die Einrichtung fand schon durch Richeldis (stirbt 1086) statt. Gisl. p. 493.
[7]) p. 602.

des Grafen gedient haben; und dies wird wahrscheinlich, wenn man beachtet, dass seine Erzählung schon von 1168 an dem chronologischen Gange der Ereignisse folgt und schon für diese frühe Zeit oft reich an Details ist.

In der Chronik begegnet G. uns, wie gesagt, zuerst 1184, wo er — in Balduins Gefolge auf dem Reichstage zu Mainz — die Urkunde entwirft, in der der Kaiser und Balduin über die Namursche Erbschaft ein Uebereinkommen treffen [1]). Diese Reise scheint ihn in die erste nähere Berührung mit dem deutschen Reiche gebracht zu haben. Bis zum Jahre 1184 begegnet uns in der Chronik, abgesehen von Niederlothringen, keine chronologisch eingefügte Notiz über Deutschland. Bis zu der Reise Balduins nach Hagenau (März 1184) [2]) spricht G. mit Ausnahme des lateranischen Concils von 1179 [3]), nur von Niederlothringen, Flandern und Vorfällen in dem benachbarten Frankreich; die Geschichte Friedrich I führt er schon in der Einleitung ohne jede Zeitangabe bis zum Sturze Heinrichs des Löwen, also bis 1181 [4]). Damit harmonirt denn auch, dass er von Balduin selbst zum Mai 1184 sagt, dass er „in curia novus videretur" [5]).

Doch G.' politische Laufbahn beginnt erst 1187. In diesem und dem folgenden Jahre ist er viermal als Gesandter bald am Hofe des Kaisers, bald an dem König Heinrichs [6]). Aber als sollte er sich erst in Kleinerem erproben, finden wir ihn jetzt noch immer an der Seite eines Collegen, zweimal des gewandten Ritters Gossuin de Tulin, den Balduin ebenfalls häufig zu Gesandtschaften benutzt,

---

[1]) p. 540.
[2]) p. 536/7. „Dominica Laetare Jerusalem" 1183, nach unserer Rechnung 1184. Toeche (Heinrich VI p. 636 (cfr. p. 30)) setzt diesen Aufenthalt Balduins beim Kaiser irrthümlich auf den 27. März 1183, statt 11. März (oder nächstfolgenden Tage) 1184. Arndt (p. 537) hat das Jahr richtig, folgt aber Toeche in der Ansetzung des Tages.
[3]) p. 527.
[4]) p. 516/7.
[5]) p. 538.
[6]) p. 552. 553. 563.

zweimal an der Seite von Aebten Hennegauer Klöster. Seine selbstständige Thätigkeit beginnt mit dem Jahre 1189; in diesem und besonders in den Jahren 1190 und 1191 werden ihm wichtige Sendungen anvertraut¹). Im December 1191 ist er dann noch einmal mit Ritter Berner von Roulcourt beim Kaiser in Hagenau ²).

Alle diese Gesandtschaften gehen an den deutschen Hof (einmal nach Italien), sie betreffen alle fast ausschliesslich die Erwerbung von Namur und nur die beiden letzten beziehen sich auf die streitigen Bischofswahlen von Cambray und Lüttich. An den Hof Philipp II gehen z. B. Anfang 1192 als Gesandte Balduins die Aebte von Anchin und Camberon ³).

Mehrere Male begegnet G. uns ausserdem im Gefolge des Grafen. Hervorzuheben sind hier die Reise zu König Heinrich, December 1188, wo ausser G. nur 5 grosse Vasallen den Balduin begleiten⁴), und die Vorfälle des Sommers 1188 zu Namur, wo Balduin seinen Oheim Heinrich von Namur zu einer kritischen Unterredung mit nur 3 Vasallen und seinem Kleriker Gislebert aufsucht⁵). Wollen wir nicht etwa diese Angaben bezweifeln, wozu keine Veranlassung vorliegt, so werden wir hiernach nicht mehr an der Richtigkeit dessen zweifeln können, was G. von sich selbst sagt: „huius comitis Hanoniensis (Balduin V) actibus tam in prosperitate quam in adversitate fere omnibus interfuerat"⁶).

Seine Dienste wurden ihm von seinem Herrn reichlich gelohnt. Nachdem G. bis November 1188 4 Pfründen erhalten hatte, die aber bei verschiedenen Gelegenheiten von ihm wieder waren aufgegeben worden⁷), wurden ihm dann (mehreres schon 1188 und 1192 nach-

---

¹) p. 568. 571 ff. 575.
²) p. 577.
³) Sigeberti Contin. Aquicinct. (Mon. Germ. SS. VI p. 405—438) ad 1192.
⁴) p. 564.
⁵) p. 559 (Z. 36/7 ff.).
⁶) p. 601 (Z. 6/7).
⁷) p. 564.

weislich ¹)) — ausser 6 Pfründen — in 2 Stiftern das Amt des Custos, in 2 das des Propstes, in einem das des Abtes verliehen ²): ein Beweis dafür, wie hoch sein Herr seine Dienste schätzte. Hierbei ist zu beachten, dass er als Propst von St. Germain und als Custos von Ste. Wandru zu Mons Vasall des Grafen und Prior der Hennegauer Curie war ³). In Folge dessen finden wir ihn denn auch noch 1211 unter diesen Pairs, als diese Walter de Fontanis um ein Urtheil angeht ⁴). Und als unter Graf Ferdinand von Flandern und Hennegau (1212—1233) eine genaue Aufzeichnung Derer, welche die Hennegauer Hofämter kraft Erbrecht inne hatten, stattfinden soll, so wird diese neben Wilhelm, dem natürlichen Sohne Graf Balduin IV ⁵), steten Gefährten Balduin V und 1203 Statthalter seines nach Konstantinopel aufgebrochenen Neffen Balduin VI für den Hennegau⁶), unserem G. übertragen ⁷).

Nicht alle diese Verleihungen gaben G. nur Einkünfte. Das

---

¹) Arndt. Reg Nr. 11. 12.

²) p. 564 u. 601. Dass uns die Urkunden fast alle diese Angaben, wenn auch zum Theil erst aus späterer Zeit, bestätigen, ist ein nicht unwillkommenes Zeugniss für die Zuverlässigkeit dessen, was G. überhaupt von sich selbst sagt. — Ohne Berechtigung ist er bisweilen „Gislebert von Hasnon" genannt worden (Wattenbach, Deutschlands Geschichtsquellen p. 490. Dahlmanns Quellenkunde 3. Auflage Nr. 1270); zu dem Kloster Hasnon stand er in keiner erweislichen Beziehung, der Hennegau wird nie Hasnon, sondern stets Hanonia, Hasnonia, Hainonia oder dergl. bezeichnet.

³) p. 500.

⁴) Urkunde in Reiffenberg, Monuments pour servir à l'hist. des provinces de Namur, de Hainaut & de Luxembourg I p. 133 (cfr. Arndt Reg. 47).

⁵) Ganz irrthümlich hält Arndt (p. 527 not. 57) diesen Wilhelm für einen Oheim des aus Portugal stammenden Grafen Ferdinand s. Ministria Curiae Han. p. 602 (Z. 14/15).

⁶) Miraeus I p. 568.

⁷) Min. Cur. Han. p. 602. Arndt (p. 602) setzt die Abfassung auf ca. 1210, Ferdinand heirathet aber erst Januar 1212 Johanna, die Erbin von Flandern und Hennegau, wodurch er diese Grafschaften erwirbt (Sigeb. Cont. Aquic. (SS. VI p 405—438) ad 1212. Chronologia Roberti Altissiodorensis (Exc. Recueil des historiens etc. XVIII p. 247 ff.) ad 1211 (beginnt das Jahr mit Ostern). Radulphi Coggeshale Abb. Chron. (Exc. Recueil etc. XVIII p. 59 ff.) ad. 1212 etc.

Amt des Propstes von St. Germain in Mons und von St. Albain in Namur, wie das des Custos von Ste. Wandru nahmen sicher einen grossen Theil seiner Zeit in Anspruch¹). Vielleicht genügt schon dies zur Erklärung des Umstandes, dass G. von Anfang 1192 nicht mehr so viel um Balduin zu sein scheint. Freilich unterzeichnet er noch 1192 eine Urkunde desselben als Kanzler von Hennegau und Namur²) und erscheint auch noch 1193 und 1194 als Zeuge selbst ausserhalb Mons und in Sachen, die nicht Stifter berühren, denen er angehört³), aber in der Chronik ist seit dieser Zeit gar nicht mehr von ihm die Rede, und gerade hier hören auch bei ferner liegenden Ereignissen jene · genauen Angaben oft der geringsten Einzelheiten auf, die uns sonst darauf schliessen lassen könnten, dass er auch fern vom Hennegau ein Augenzeuge dessen war, was er erzählt⁴). Versah er factisch nicht mehr die Geschäfte eines Notars, wenn er auch den Kanzlertitel noch fortgeführt zu haben scheint⁵)? In Flandern sicher nicht. Gemäss den (S. 2) erwähnten Verleihungen war stets der Propst von St. Donatian in Brügge Kanzler von Flandern, und unterzeichnet denn dieser auch als solcher eine lange Reihe flandrischer Urkunden des 12. und 13. Jahrhunderts, in denen einige aus der Zeit, wo Balduin V Graf von Flandern war, hervorzuheben sind⁶); auch heisst G. schon 1192 in der oben citirten

---

¹) S. Z. 4 p. 498; Der Graf übertrug das Amt des Propstes und des Custos von Ste. Wandru (bisher von Stiftfräulein verwaltet) an Kleriker, „quia ad circumeundum discurrendum pro negotiis tante ecclesie videntur melius posse laborare"; u. p. 500, wonach die Gerichtsbarkeit über alle Kleriker in Mons mit alleiniger Ausnahme der Stiftsherren von Ste Wandru dem Propst von St. Germain gebührt und dieser auch vom Grafen „advocatiam terrarum et hominum" des Stifts erhält.
²) Arndt. Reg Nr. 12.
³) Arndt. Reg 13—16 (Nr. 15 aus Valenciennes).
⁴) Huy, dessen Belagerung (einschliesslich der vorhergehenden Verhandlungen), December 1194/Januar 1195, er sehr lebendig und detaillirt schildert (p. 590/1) lag nahe genug, dass er von dort täglich Berichte von Augenzeugen haben konnte.
⁵) „Alumnus et cancellarius" des Grafen nennt er sich December 1195. p. 599.
⁶) Mir. III p. 55. IV p. 219 (cap. LV; cap. LIV gehört nicht in das Jahr 1192, sondern in 1201/2). p. 220.

Urkunde¹) nur Kanzler von Hennegau und Namur, obwohl Balduin damals schon Graf von Flandern war. Und es ist zu vermuthen²), theilweise auch belegt durch die Chronik, dass Balduin V von Herbst 1191 — November 1194, während welcher Zeit er Graf von Flandern war, sich viel dort aufgehalten habe. — Der Hennegauer Notar lässt sich für diese Zeit nicht mit Sicherheit nachweisen. In einer Urkunde Balduin V von 1192 (November/December nach den Regierungsangaben), für eine Kapelle zu Valenciennes und vermuthlich in Valenciennes gegeben³), zeichnet als einer der Zeugen: „Ludovicus notarius"; es spräche wenigstens nichts dagegen, diesen als Nachfolger G.' zu bezeichnen.

Im December 1195 steht G. zu Mons an dem Krankenbette Balduins; denn auf allen uns erhaltenen Urkunden des Grafen aus dieser Zeit findet er sich als Zeuge⁴). Nach Balduins hier erfolgtem Tode erscheint er — abgesehen von den Urkunden, die er kraft einer seiner geistlichen Würden mit unterzeichnet — häufiger bei Balduin VI, dem Grafen von Flandern und Hennegau⁵), als bei Philipp von Namur⁶). Kanzler Balduin VI war er nicht: Für Flandern war es, wie gesagt, der Propst von St. Donatian, und neben diesem werden als Notare in jener Zeit ein Wilhelm, ein Hugo, ein

---

¹) S. 6 n. 2.

²) Denn p. 576 (Z. 42—46) heisst es: Balduin ging Anfang Winter 1191 nach Flandern „ad suscipienda hominia sua & ad exercendam iusticiam in illa, cum ipsa terra a maleficiis vix unquam posset refrenari sed semper principem vividum & in iusticia austerum ipsam regionem Flandrie oporteat habere".

³) Mir. II p. 980. Besserer Abdruck Le Glay: Revue des opera diplomatica de Miraeus (im compte-rendu des séances de la comm. roy. d'hist Bruxelles IIme série tom. 8) p. 94.

⁴) Arndt. Reg Nr. 18—25.

⁵) Arndt. Reg Nr. 30. 32. 37. 1197—1201, die 2. u. 3. Urkunde aus Flandern.

⁶) Erst 1207 u. 1211 Arndt Reg. Nr. 40. 46. Dabei ist zu berücksichtigen, dass er sich in Namur schon in Folge seiner kirchlichen Aemter oft aufhalten musste, was mit Flandern nicht der Fall war.

Vulvinus¹), nicht aber G. genannt; für den Hennegau wurde Kanzler ein Gonterus, der August 1196 als Magister und Kleriker des Grafen, November 1199 als Magister und Kanzler bezeichnet wird²). Ein Notar Philipps für Namur lässt sich nicht nachweisen: October 1209 spricht er zwar von seinem Kleriker Robert de Hunnecourt³), doch hat er die Urkunde in Brügge als „Flandriae & Hannoniae procurator" gegeben. Dass G. das Amt des Namurschen Notars bekleidet habe, darf man wohl nicht annehmen⁴).

Nach alledem scheint G. vermuthlich schon von 1192 an sicherer seit dem Tode Balduin V sich vorzüglich den Pflichten seiner kirchlichen Aemter gewidmet zu haben, wobei er freilich immer, als Propst von St. Germain und Custos von Ste. Wandru zur Curie der Grafen von Hennegau gehörte⁵). Er starb zwischen 1223 u. 1225, wahrscheinlich am 1. September⁶).

Aus diesem Lebensabrisse sehen wir, wie G., früh an der Seite Balduins, seit 1187 beständig in dessen Vertrauen stieg und 1190/1 den Höhepunkt seiner politischen Laufbahn erreichte. Wir sehen ihn in besonders häufigem Verkehr mit dem Oberhaupte des Reiches — 11 oder 12 Mal war er bei Friedrich I oder Heinrich VI — und vorzüglich bei der Erhöhung Balduins im Reiche mitwirken. Aus eigener Anschauung hat er einen grossen Theil Deutschlands —

---

¹) Mir. II p. 984. III p. 67. (1198). 69 (1198). 74 (1202). IV p. 219 (diese von Poppeus (1201) irrthümlich auf Bald. V, statt B. VI bezogen). I p. 562 (1201) etc. Auf der Kreuzfahrt nennt Geoffroi de Ville-Hardouin (Receuil etc. XVIII) c. 53/4 (p. 445) einen „maistre Johan de Noyon qui ere canceliers le conte Baudoins de Flandres".

²) Mir. II p. 837 (auch p. 981 abgedruckt). IV p. 221. Jene Urkunde verleiht ihm eine Pfründe in Valenciennes; diese, von Gonterus ausgestellt, bezieht sich auch auf einen Stift bei Valenciennes und ist zu Haimoncasnoit (Quesnoy im Hennegau) gegeben.

³) Mir. III p. 77.

⁴) Philipp II von Namur (1216—1226) hatte dann erweislich einen anderen Notar.

⁵) s. S. 5.

⁶) Arndt. Vorrede p. 488.

östlich bis Erfurt und bis Augsburg — kennen gelernt, ist in Italien gewesen, in Frankreich freilich nur gelegentlich bis Arras und Ivoy gekommen [1]. Fast alle deutsche Fürsten, weltliche und geistliche, kannte er von Angesicht, nicht minder den König von Frankreich und eine Anzahl der französischen Grossen.

Nicht viele unserer Chronisten des Mittelalters waren schon durch ihre äusseren Lebensschicksale so befähigt, die Geschichte ihrer Zeit zu schreiben.

---

[1] p. 554. 576.

## Kap. II.

## CHARAKTERISTIK GISLEBERTS.

Nachdem ich so den äusseren Verlauf von G.' Leben in seinen Umrissen gezeichnet habe, will ich es versuchen, ein Bild von seiner Persönlichkeit zu entwerfen, so wie sie uns in der Chronik entgegentritt. Welcher Nationalität gehört zunächst unser Autor an? Der Hennegau gehörte zum Reiche, der Graf trug ihn vom Bischof zu Lüttich, dieser vom Kaiser zu Lehen. Und wenn auch in den Worten, die Balduin im Herbst 1185 zu König Heinrich spricht[1]), gewissermaassen ein Anspruch auf eine Art Mittelstellung selbst zwischen dem römischen Reiche und Frankreich zu liegen scheint, so stellt sich Balduin doch in der Zusammenkunft zwischen Kaiser Friedrich und König Philipp, obwohl er von beiden Herrschern und zwar zuerst von dem französischen beschieden und keinem von Beiden durch ein Vasallitätsverhältniss verbunden war[2]), auf die Seite des Kaisers, „quia de imperio erat"[3]).

Aber gehörte der Hennegau auch zum Reiche, so gehörte er darum doch noch nicht zu Deutschland. Dies wird ihm in der Chronik wiederholt gegenübergestellt: Lothar von Lüttich, statt auf

---

[1]) „Ipse enim in marchia imperii Romanorum et regni Francorum manens, terram suam custodire debebat in eorum guerris" p. 549.
[2]) „licet nemini illorum hominii fidelitate obligatus erat" q. 554.
[3]) a. a. O.

Lütticher Gebiet oder im Hennegau zu bleiben, flieht „in Theutoniam", G. geht nach Italien „per Theutonicam terram", Balduin geht mit seinem Sohne und Anderen zum Kaiser „venientesque in Theutoniam" finden sie diesen in Strassburg¹). — Die Vulgairsprache war romanisch. Auch Balduins Sohn geht erst in seinem 18. Jahre an den kaiserlichen Hof, um ausser den Hofsitten die deutsche Sprache zu erlernen²) und vom Abt von Vicogne wird es besonders gerühmt, er sei „lingua Romana & Theutonica satis edoctum"³). In wie vielfachen Beziehungen der Hennegau sonst mit Frankreich stand, lehren uns der ganze Inhalt der Chronik und besonders auch die aufgezählten Genealogieen; auch ist hierfür bezeichnend, dass G. unter den 67 auf dem dritten Kreuzzuge Gefallenen, deren Namen ihm bekannt geworden sind — abgesehen von den Hennegauern und Flandrern — Kaiser Friedrich und seinen Sohn eingerechnet nur 5 Deutsche, aber etwa 20 Franzosen nennt⁴).

Ein Deutscher war also G. nicht. Sein Latein ist voll von Worten romanischer Mundart⁵); in Namen wendet er freilich beständig das w an (Willelmus, Walterus, Wido etc.), doch sagt er nie anders als guerra und ebenso stets Radulphus, nicht Rudolphus. Dass ihm die deutsche Sprache nicht unbekannt war, darf man wohl aus seinem häufigen Verkehr am deutschen Hofe schliessen, besonders aus den Verhandlungen zu Schwäbisch-Hall⁶), die von den deutschen Fürsten wohl schwerlich in lateinischer Sprache geführt sein werden.

Ist diese Vermuthung richtig, so hat G. also jedenfalls Kenntnisse gehabt, die, wie namentlich aus jener Aeusserung über den Abt von Vicogne⁷) hervorgeht, in seiner Umgebung nicht gerade gewöhnlich

---

¹) p. 582. 592. 573.
²) p. 565 (Z. 48/9).
³) p. 563 (Z. 6/7).
⁴) p. 579.
⁵) garciones, camba (Brauerei), murdritores, runcini (roncin kleines Pferd), berefectus, saisire, charletti (ein Getreidemass), summarium (Saumthier, franz. sommaire, deutsch soumaere) etc.
⁶) p. 571/2.
⁷) s. v. n. 3.

waren. Es lässt sich sonst über den Grad seiner Bildung nicht viel sagen. Dass er in der Bibel belesen war, wie es seine Gründungsgeschichte Jerusalems [1]) zeigt, versteht sich von selbst; aber Anklänge an die alten Klassiker sind nicht zu finden. Auch ist sein Latein nicht allzu ciceronianisch. Ungeschickte Satzverbindung, falsche Anwendung der Reflexion u. dgl. mahnen selbst zu grosser Vorsicht bei Benutzung einzelner Stellen [2]), die Conjunction ut ist sonst nur angewandt, wo sie nicht hingehört, quod stets für den Accus. c. Inf., wie für ut consecutivum und ut finale, u. a. m. Die Erzählung von den Kämpfen zwischen den Persern und den byzantinischen Kaisern [3]) zeigt ferner, dass er Quellen von irgend welchem Werthe hierüber nicht gekannt hat. Kurz — allzu gelehrte Bildung werden wir G. nicht zuschreiben dürfen [4]).

Von höherem Werthe aber vielleicht noch, als eine etwaige Gelehrsamkeit, ist für uns die — wenn es erlaubt ist den Ausdruck zu gebrauchen — juristische, ja die rein technische Kanzleibildung

---

[1]) p. 502.
[2]) Nur wenige Beispiele: Philipp von Flandern gewann Valois und Vernandois, hierzu gehörten Marla und Vervin, „que cum allodia essent viri nobilis Radulphi... & odium ipsius Philippi comitis haberet (Wer? Radulph!) et ei auxilium et iusticia regis Francorum deesset, ea ab ipso comite in feodo accepit (Radulph) p. 515. „Balduinus comes Hanoniensis... Theoderico.. restitit et ab eo... ledi non potuit; excepto hoc solo, quod firmitatem quandam; que a comite Hanoniensi tenebatur.... prostravit" (nämlich Theoderich sucht Balduin) p. 510 (hier ist es in der That Baudouin d'Avesnes [Chronicon ed. Le Roy c. 27] u. Bouquet [Receuil etc. XIII p. 559 n. a] zugestossen, G. verkehrt zu verstehen, obwohl der Zusammenhang keinen Zweifel lässt). Der Kaiser turnierte, „cui comes Hanoniensis famulans hastam suam (des Kaisers) ei (dem Kaiser) portabat" p. 539. „Comiti mandavit imperator, quod ... nemini alii quam sibi suam gratiam adhiberet" (d. hiesse bei richtiger Construction, der Graf solle dem Kaiser sich gewogen erzeigen) p. 575. Häufig sind Nachlässigkeiten wie: „non enim illis suffecit, ut in iuramentis illis comitem Hanoniensem fallerent, sed ut per aliud quesitum matrimonium in exhereditationem eius nimium laborarent" p. 550 (Z. 44—46).
[3]) p. 502.
[4]) Ich kann nicht umhin, den wiederholten Behauptungen Toeches vom Gegentheil (Heinrich VI p. 704. Sybels historische Zeitschrift Jahrg. 12 Heft 1 p. 191—192) hier direct zu widersprechen.

des Chronisten. Ihr haben wir zunächst die ebenso seltene als uns werthvolle Gewissenhaftigkeit im Gebrauche bestimmter termini zu verdanken. Es würde zu weit führen, hier eingehend zu zeigen, wie er sorgfältig z. B. hominium und fidelitas, civitas, burgum und villa, electus und episcopus etc. unterscheidet; als Beleg mag nur dienen, wie er bei Aufzählung deutscher Grossen die Stufenfolge ihrer Würden stets genau beobachtet: „congregatis... principibus, archiepiscopis, episcopis, abbatibus, ducibus, marcionibus et comitibus palatinis et aliis comitibus et viris nobilibus et ministerialibus[1], oder die Fürsten gesondert: „quamplures principes, archiepiscopi, episcopi, abbates, duces, marciones, comites palatini et alii multi nobiles"[2], und bei namentlicher Aufzählung z. B.: „sub testimonio principum scilicet domini Conradi Maguntiensis archiepiscopi et Conradi comitis palatini Rheni et episcopi Wormatiensis et episcopi Spirensis et aliorum multorum, Roberti comitis de Nassoa, ..comitis de Linenghis et Roberti de Dorna et Johannes cancellarii et ministerialium, scilicet Wernerii de Bollanda, Cononis de Minseberch, F. de Husa, Hunfridi de Falconis Petra et aliorum multorum tam nobilium quam ministerialium"[3]. — Aus dieser juristischen Bildung entspringt aber auch das Interesse für Rechtsinstitutionen, und daher die Fülle von Nachrichten hierüber, die wir bei den Geschichtsschreibern des Mittelalters sonst nur zu sehr vermissen. Nur ein Beispiel sei erwähnt: Nachdem G. auf das Ausführlichste von dem für Balduin so wichtigen Tage zu Schwäbisch-Hall und von der königlichen Urkunde, die er (G.) endlich zu Augsburg erhalten, erzählt hat, fügt er hinzu: er müsse noch berichten („Tacendum autem non est), dass damals zu Schwäbisch-Hall ein Bischof sich einen Urtheilsspruch darüber erbeten habe, ob Ministerialen eines Fürsten mit Edlen zusammen Urtheil zu finden hätten, und er überliefert uns nun die Entscheidung des Pfalzgrafen von Tübingen[4]. -— Wie viele der

---
[1] p. 538 (Z. 36—38) und ähnlich p. 539 (Z. 32—34).
[2] p. 574 (Z. 44/5).
[3] p. 564/5.
[4] p. 572.

Chronisten des Mittelalters hätten das nur beachtet, — wie viele es besonderer Ueberlieferung für werth gehalten? Im Style eines Schriftstellers pflegt sich seine Persönlichkeit abzuspiegeln. Die Ausdrucksweise G.' entbehrt grosser Eleganz, erscheint nicht selten fast allzu kahl und nüchtern, aber sie entbehrt auch dafür jenes Schwulstes, jener Ueberladung, durch die die Sprache der Chronisten sich so oft auszeichnet.

G. ist Kleriker, und wir werden uns daher nicht wundern dürfen, eine eminent kirchliche Gesinnung bei ihm zu finden. Nicht nur, dass er nie vergisst, auf das Ausführlichste von den frommen Stiftungen seiner Helden zu berichten[1]: er versäumt auch nicht, wo die Gelegenheit sich bietet, uns von Wundern zu berichten. Wir hören, wie die heil. Aya aus dem Grabe heraus bezeugt, dass gewisse Allode der Kirche Ste. Wandru gehören, ein „miraculum gloriosum", das „non est cum silentio praetermittendum"[2]; eine Reihe von Reliquien wird uns hergezählt, in Gegenwart Balduins aufgefunden von einem Mönche, dem Gott sie im Traume enthüllt hatte[3] u. a. m. Betont wird es, als einmal die Gegner des Balduin, durch Hunger gedrängt, am Freitag Fleisch assen[4]; auch preist G. stets mit besonderer Wärme die Thaten der Kreuzfahrer[5] und schreibt Misserfolge den Sünden der Christen zu[6]. — Aber auch in dem Streit zwischen Kirche und Staat steht er auf Seite der ersteren. Ich will es weniger betonen, dass Heinrich II von England wegen Beschränkung der geistlichen Wahlen streng getadelt wird[7], denn er

---

[1] Die Verfügungen, die Balduin V auf seinem Sterbebette zu Gunsten von Kirchen macht, nehmen allein 9 Folio-Seiten unseres Codex ein (p. 594—599) und mit ganz besonderer Genauigkeit ist hier jede Messe, jedes Anniversarium für die Seele Balduins verzeichnet.
[2] p. 496.
[3] p. 551.
[4] p. 544 (Z. 2/3).
[5] Z. B. Conrad von Montferrat p. 553 (Z. 44—46). Heinrich von Champagne p. 579 (Z. 19—22).
[6] p. 579 (Z. 13).
[7] p. 514 (Z. 7—11 cfr. 15—20).

wie seine Söhne kommen immer etwas schlecht in der Chronik weg. Bemerkenswerther ist, wie entschieden G. in dem Kampfe Friedrichs gegen Alexander III Partei gegen Letzteren ergreift [1]), von dem er doch sonst immer mit Achtung und Verehrung spricht [2]): ebenso, wie er tadelnd bemerkt, dass Lothar von Hochstaden, der Erwählte für Lüttich, „totam spem suam non in Deo sed in domino Imperatore posuerat", wobei den Gegensatz Albert von Löwen bildet, der sich an den Papst gewandt hatte (also seine Hoffnung auf Gott setzte [3])). Aber G. war kein Mönch, dem die Klostermauern die Welt begrenzten; er war am Hofe eines ebenso prachtliebenden als thatkräftigen Fürsten erzogen und hatte daher Sinn für weltliche Freuden und Verständniss für weltliche Geschäfte gewonnen. Wie weiss er nicht das prächtige Leben seines Herrn zu rühmen [4]), wenn er auch am Schlusse hinzufügt, dass er trotzdem Messen und Betstunden nicht versäumt und stets für die Armuth gesorgt habe! Häufig betont er mit offenbarem Stolze Balduins grosse Ausgaben [5]), erzählt ausführlich von seinen Turnieren [6]), hebt hervor, wie er zum Mainzer Hoftage viel kostbares Geräth mit sich geführt und die meisten und prächtigsten Zelte dort gehabt habe [7]). — Und nicht nur das Waffenspiel, das — übrigens oft ernsthaft genug — auf den Turnieren getrieben wurde, sondern ebenso Kriegsthaten finden in ihm einen

---

[1]) „in quo˙ (scismate) imperator Romanorum Fredericus, cuidam parti favens contra Deum et iusticiam, tribus obedivit electis, contra latam in eos excommunicationis sententiam consecratis, cum dominus Alexander papa ad honorem Dei de iusticia electus ac consecratus esset" etc. p. 527.
[2]) s. z. B. p. 566 (Z. 40—44).
[3]) p. 580.
[4]) „in dapibus semper affluens, domum suam honestis et splendidis cybis semper procuravit, servientibus suis hereditariis officia sua hereditaria plenarie recognovit et restituit eosque diligens ubique locorum constitutus libentius secum habebat. De expensis autem eius grandibus tam in magnarum celebratione curiarum quam in guerrarum et tornamentorum exercitiis et de beneficiis probis militibus collatis... tacendum non est" p. 521.
[5]) p. 521 (Z. 38/9). p. 522 (Z. 1) etc.
[6]) p. 518. 519. 521 ff. 524 ff. etc.
[7]) p. 538.

eifrigen Verkünder. Belege dafür giebt jede Seite der Chronik, ich will nur den ausführlichen Bericht von der Heldenthat des Johannes Cornutus hervorheben [1]). — Lebendig war G.' Sinn für Recht und Ordnung, die Graf Balduin mit starker Hand aufrecht erhält; dessen schonungslose Strenge findet die volle Anerkennung des gleichgesinnten Kanzlers [2]); dieselbe Strenge ist das Erste, was von Balduin, nachdem er Ritter geworden war, gerühmt wird [3]). — Und wie G. hier Energie lobt, so tadelt er andererseits Kleinmuth, wo er ihn findet. Albert von Retest, der Kandidat des Kaisers und Balduins für das Lütticher Bisthum, ist ihm ein vir pusillanimis [4]); Lothar, der Schützling Balduins, fürchtet die Löwensche Partei und flieht „pusillanimis" zum Kaiser; und auch dessen Auftreten wird hier nicht fest genug gefunden [5]). Und das schlagfertige Auftreten unseres Autors auf dem Reichstage zu Schwäbisch-Hall [6]) zeigt uns, dass er nicht bei Anderen suchte, was er nicht selbst besass. — Dem entsprechend weiss er denn auch recht derb zu urtheilen, wo er es am Platze hält: „parvus corpore, minor autem animo et scientia" nennt er den Grafen Cono von Duras [7]), und einen Abt, der Balduin zu hintergehen weiss, einen Intriguanten, der sich jedoch stets der Maske der Einfalt

---

[1]) p. 561/2.

[2]) Als Balduin Jemanden, der einen Kaufmann beraubt und halbtodt geschlagen hatte, verbrennen lässt, tadelt G. streng die hierüber aufgebrachten Leute des Grafen von Namur und sagt, dass B. „super his omnibus bona fide et intuitu iusticie gehandelt habe p. 558/9.

[3]) Balduinus miles novus audiens multos in Hanonia fures & latrones commorari, qui de confidentia multorum potentum, ad quos sanguinis linea pertinebant, in malis operibus vivere non dubitabant, illos ubique perquirebat, captosque quos infames percipiebat, quosdam suspendens, alios igne concremans, quosdam vero aquis submergens, alios vivos sepeliens, nulli eorum pro magna parentela parcebat p. 518. Und öfter.

[4]) „viro maturiore sed pusillanimi" p. 573.

[5]) „Lotharius autem pusillanimis ... quasi fugiendo secessit in Theutoniam et usque ad dominum imperatorem pervenit, qui eciam dominus imperator in his molliter se habebat" p. 582.

[6]) p. 571 ff.

[7]) p. 567 (Z. 34/5).

bediene¹). — Den Diplomaten aber erkennt man in G. daran, dass er stets sehr bereit ist, Schlauheit (astucia) mit Anerkennung zu erwähnen²).

Ein warmes Gefühl hatte G. für seinen Hennegau, ja für Mons, dessen Mittelpunkt. Es liesse sich anders nicht der Nachdruck erklären, mit dem er betont, es sei Mons die Hauptstadt des ganzen Hennegau zur Zeit des Grafen Hermann gewesen, sei es noch und werde es immer sein³): ein Ausspruch, auf den er mit ausführlicher Begründung dann noch einmal zurückkommt⁴). — Andere rühmende Erwähnungen der Hennegauer werden mehr auf Rechnung eines anderen Gefühls zu schreiben sein, das das ganze Werk durchweht: Das ist die Liebe G.' zu seinem Herrn, dem Grafen Balduin. Ihn hebt er hervor, wo sich hierzu nur die Gelegenheit bietet. Seine Weisheit, seine Tapferkeit, seine Gerechtigkeitsliebe, seine Leutseligkeit, sein prächtiges Auftreten, seine Vertragstreue, seine Macht werden gerühmt. Vor Allem sucht G. das politische Auftreten des Grafen überall zu rechtfertigen. Was er in der Schlussübersicht im Allgemeinen von ihm sagt, dass er nie die Vertragstreue verletzt habe⁵), das sucht er in jedem einzelnen Falle zu zeigen. So hebt er, als Balduin 1173 dem englischen König gegen den König von Frankreich zu Hülfe ziehen will, hervor, dass der Graf von jenem 100 Mark jährlich zu Lehen trug, während er diesem weder durch Vasalität noch Freundschaft irgendwie verpflichtet war⁶). So legt er ausführlich dar, wie 1184 der Bruch zwischen Balduin und Philipp von Flandern nicht durch des ersteren Schuld, sondern durch eine List König Philipps und durch übereiltes Handeln des Grafen von

---

¹) „hominis sediciosi, semper autem vultum simplicis pretendentis" p. 561.
²) p. 563 (Z. 21). 550 (Z. 9). 543 (Z. 4) etc.
³) „quia ipse Mons caput erat et est semperque erit totius Hanonie" p. 490.
⁴) „Satis igitur patet, quod Mons — de iure caput totius Hanonie esse debeat, cum" etc. p. 496.
⁵) p. 600 (Z. 11).
⁶) p. 523 (Z. 30—32).

Flandern hervorgerufen worden sei [1]). — Doch verschweigt er uns nicht, wo der Graf wirklich ein gegebenes Wort gebrochen hat. 1171 hatte Balduin seine Tochter Elisabeth dem jungen Heinrich von Champagne verlobt [2]), 1179 wurde diese Verlobung bestätigt [3]): trotzdem wird 1180 Elisabeth mit Philipp August verlobt und vermählt [4]). Freilich wird hervorgehoben, wie schwer sich Balduin zu diesem Schritte entschliessen konnte, wie sehr er dazu gedrängt wurde: immerhin wird doch der Bruch des gegebenen Wortes nicht verschwiegen und sogar, als die neuen Eheversprechen mit der Familie Champagne berichtet werden, ganz schonungslos betont [5]).

Mit besonderer Bewunderung verweilt G. bei den Beweisen der Macht seines Grafen: würde es uns auch nicht gesagt, an der ganzen Erzählung von den Kämpfen Balduins um seine neue Machtstellung würden wir es merken, wie thätigen Antheil der Autor an all' diesen Ereignissen genommen, wie er im Glück und Unglück dem Grafen zur Seite gestanden hat [6]). Mehr als einmal betont er, wie Alles seinen Herrn verlassen habe, wie er sich allein auf seine treuen Hennegauer habe stützen können, wie Niemand ihm die Treue bewahrt, während er selbst nie sein Wort gebrochen habe, und wie er dennoch alle seine Kämpfe glorreich durch-

---

[1]) s. besonders p. 538 (Zusammenkunft Balduins mit seiner Tochter, der Königin von Frankreich) p. 540/1. (Waffenstillstand zwischen Frankreich und Flandern), und die folgende Erzählung. So wenig wünschte — nach G. — Balduin einen Bruch mit Flandern, dass, als er schon flandrische Hülfstruppen in den Reihen seiner Gegner erblickte, er noch nicht angreifen will, „sperans quandoque apud illum (Philipp von Flandern), cui semper pro posse servierat, aliquam amicitiam obtinere" p. 542.

[2]) p. 519/20.

[3]) p. 528.

[4]) p. 529.

[5]) „conventiones matrimoniorum antea bis iuratas, quia per matrimonium Elizabeth regine Francorum in parte (der Vertrag hatte sich auch auf den Sohn Balduins und die Schwester Heinrichs bezogen) lese videbantur, renovaverunt" p. 530.

[6]) S. 4 n. 6.

geführt habe[1]. Aber G. versäumt es auch nicht, seinen Antheil hieran der Nachwelt zu überliefern; mit der Geschichte seines Grafen schreibt er fast die Geschichte seiner eigenen politischen Thätigkeit: ein Umstand, der wohl mit eingewirkt haben wird auf seinen Entschluss Geschichte zu schreiben und auf die Auswahl seines Stoffes. Ich habe hier nicht im Sinne, dass G. seine Mitwirkung erwähnt, wo diese stattgefunden hat: ich meine besonders 2 Stellen, die hierfür charakteristisch sind. Als G. auf dem Wege zum Kaiser in Italien von dem Tode Philipps von Flandern hört, meldet er dies schleunigst durch einen Boten dem Grafen Balduin, so dass dieser es 8 Tage vor den Franzosen und Flandrern erfuhr: „quod quidem ei profuit", fügt er hinzu[2]. Bezeichnender noch ist der andere Fall. G. ist mit Gossuin de Tulin als Gesandter seines Herrn in Erfurt beim Kaiser, und es gelingt ihnen gegenüber dem Bischof von Toul, dem Abgesandten des Grafen von Champagne, die Gunst des Kaisers und seines Sohnes Heinrich zu gewinnen; hier fährt er fort: „Tacendum autem non est, sed palam proferendum, ut universis ad serviendum dominis suis fideliter exemplum detur, quod unus nunciorum istorum, scilicet Gislebertus clericus, duas praebendas, quas tantummodo habebat, absente & nesciente domino suo comite Hanoniensi, pro promotione domini sui negotii, duobus in curia dedit; qui eciam duas antea ad voluntatem domini sui resignaverat;" folgt

---

[1] p. 561 (Z. 26—34). „Sicque ipsum comitem Hanoniensem omnia maiora negotia sua per suos solos Hanonienses homines oportuit, Dei gratia preeunte, consummare" p. 562 (Z. 49/50). „Omnia ista praevicta, scil. guerrae contra dominum regem Francorum quandoque et contra comitem Flandris et ducem Lovaniensem et Jacobum de Avethnir et omnes acquisitiones et occupationes terrarum suarum, scil. Flandrie & Namurci, dom. comes Balduinus per suos solos Hanonienses, tam in eorum viribus quam eorum pecunia, complevit" p. 580. Die Aufzählung der Gegner, denen allen zum Trotz er Namur behauptet habe p, 600 (Z. 25—32). Dann auch „qui eciam comes Hanoniensis in paucis hominibus, in quibus spem boni & dilectionis habuerat, vel cum quibus fedus firmaverat, dominis scil. suis et vicinis consanguineisque maioribus principibus fidei constantiam invenerat" etc. p. 600.

[2] p. 574.

der Lohn, der ihm für diese Treue geworden [1]): ein Beweis, dass jene Worte nicht etwa einen undankbaren Nachfolger an die geleisteten Dienste erinnern sollten.

Doch obwohl G. sich so mit den Handlungen des Grafen identificirt, konnte ich doch schon oben [2]) einen Beleg dafür anführen, dass er auch Nachtheiliges über Balduin nicht verschweigt. Häufig begegnet uns in den Berichten von den letztwilligen Verfügungen desselben die Erwähnung widerrechtlicher Anmassungen des Grafen oder seiner Vorgänger [3]); man könnte sagen, G. habe diese Berichte Urkunden entnommen; doch war er auch als Plagiator selbstständig genug, um jene Ausdrücke unterdrücken zu können. Eine ganz isolirt stehende Erzählung giebt er uns an einer anderen Stelle, wie der Graf seine Schulden habe berechnen lassen und, indem er sein Land schwer mit Steuern bedrückte, den grössten Theil des Geldes innerhalb 7 Monaten zusammengebracht habe [4]): ein Panegyriker hätte das nicht eingefügt. — Gleiches können wir auch sonst beobachten. Es ist erklärlich, dass G. mit gleicher Liebe und Ehrfurcht, wie von dem Grafen, so von dessen Familie spricht, dass er, was diese betrifft, mit den ehrenden Prädikaten der Schönheit, Weisheit, Frömmigkeit nicht gerade sparsam umgeht [5]). Da finde ich es nun

---

[1]) p. 564.
[2]) S. 18.
[3]) „Quasdam eciam consuetudines, quas ipse comes in ius suum convertere intendebat" p 593. „De canibus autem suis et venatoribus..., qui praeter ius abbatias et curtes abbatiarum in gistis suis opprimere consueverunt" p. 594. „Altimontensi ecclesie.. nemus quoddam, quod iniuste per aliquos annos possederat, restituit" p. 594, u. s. w.
[4]) „Unde comes Hanoniensis, licet dolens, terram suam graviter talliis opprimendo, partem maiorem et fere totam infra septem menses persolvit" p. 551.
[5]) Es sei nur erwähnt, wie er die Vermählung Balduins mit Margarethe feiert: „O quam gloriosus matrimonii conventus tanti viri illustris ac potentis principis et valde sapientis, et tante matrone nobilissime ac honestissime ac prudentissime! Quorum fidem Deus ex alto prospiciens, eorum bona et potentiam plurimum ampliavit... prolemque ex eis gloriosam dedit" etc. p. 519. Dass seine Anhänglichkeit an die Familie Balduins auch nach dessen Tode

gerade bezeichnend, dass er kleine Gebrechen nicht übergeht[1]) und selbst einen Zwist innerhalb der Familie nicht verschweigt[2]). — Ebenso wird er nicht blind gegen die Vorzüge der Gegner, obwohl er sie fast als seine Gegner betrachtet und oft mit bitterer Strenge über sie urtheilt. Den Jacob von Avesnes, den beständigen Widersacher seines Lehnsherrn, des Grafen Balduin, dem G. mehr als einmal schändlichen Verrath und Treulosigkeit vorzuwerfen hat, nennt er doch „valde probus in armis et vividus in cunctis ac discretus plurimumque potens", der „demum in transmarinis partibus gloriose morti succubuit"[3]); Godfried von Löwen, einen der vielen Gegner Balduins, nennt er bei der Erwähnung seines Todes „nobilis dux Lovaniensis, homo benignus"[4]); Heinrich von Champagne, den Nebenbuhler Balduins in Sachen der Namurschen Erbschaft, preist er vor allen Fürsten der Welt, vor allen Klerikern und Laien, weil er allein im heiligen Lande ausgeharrt hätte[5]); bei der Doppelwahl zu Cambray, wo Balduin für Walcer eintritt und G. selbst mit diesem die Reise zum Kaiser unternimmt, sagt er doch, Johann, der andere Kandidat, sci der würdigere und von der Mehrheit des Kapitels — nur nicht in gesetzmässiger Wahlversammlung — gewählt[6]). Die Beispiele hierfür

---

nicht geringer war, beweist uns die Urkunde von 1201 (Arndt Reg. Nr. 36), durch die er aus eigenen Einnahmen ein anniversarium für Balduin VI und seine Gattin Maria in der Kirche Ste Wandru stiftete.

[1]) „Agnetem (Schwester Balduin V), facie decoram, dulcedine et omnium morum honestate imbutam, sed parum claudicantem" p. 509.

[2]) „Tempore illo et anno (1194), mense Julio, Henricus, domini comitis (Balduin V) iunior filius, miles fieri voluit, cuius voluntati in hoc pater contrarius erat. Ille autem a proposito nolens recedere, ad Rainaldum comitem de Danmartin & de Bolenio transivit qui eum honorifice in militem ordinavit" p. 586. Der ältere Bruder Philipp wurde erst 10 Monate darauf zum Ritter geschlagen p. 591.

[3]) p. 512..
[4]) p. 570.
[5]) p. 579.
[6]) „cum dominus Johannes maioris meriti videretur quam dominus Walcerus et saniorem partem capituli haberet, die non ad electionem constituta, et non convocatis maioribus ecclesie personis, sicut iuris et moris est, ipse Johannes electus fuisset a sua parte" p. 573.

liessen sich leicht häufen — besonders aus den Kampfberichten, in denen oft die tapfere Haltung von Feinden hervorgehoben wird.

Zum Schluss dieser Charakteristik sei nun noch eine Eigenschaft erwähnt, die uns besonders an dem Historiker Gislebert werth ist: ich meine die an vielen Stellen hervortretende Gewissenhaftigkeit in der Wiedergabe von Nachrichten, die er nicht ganz glaubt verbürgen zu können, wie die Offenheit, mit der er etwas nicht zu wissen bekennt. Dies begegnet uns nicht nur bei zeitlich oder örtlich ferner Stehenden, wie bei der Nachricht von der Lahmheit des Sohnes Graf Hermanns[1]) oder von der Auszeichnung Friedrichs von Schwaben vor Damaskus[2]); noch stärker tritt es z. B. bei der Erzählung eines Turnieres von 1168 hervor, bei dem Balduin als junger Ritter den Flandrern gegenüberstand[3]) oder in der Genealogie der Hennegauer Grafenfamilie, wo er die Namen von 3 Cousinen Balduin IV, des Vaters Balduin V, nicht zu wissen bekennt[4]); oder in der Vorsicht, mit welcher er, wie über das Motiv der Rückkehr Philipp Augusts von Palästina[5]), so in dem Berichte über die 1192 stattgefundene Ermordung des Lütticher Bischofskandidaten Albert in Löwen von der Schuld des Kaisers spricht[6]).

---

[1]) „qui quidem filius claudus fuisse dicitur" p. 490.

[2]) „Fredericus Suevorum dux, miles iuvenis (der nachmalige Kaiser) ante Damascum pre veteris in armis valuisse dicitur" p. 516.

[3]) Nachdem der sonstige Verlauf des Turniers ohne Ausdruck der Ungewissheit erzählt ist, fährt er fort: „In quo conflictu ipse comes Flandrie, ut a multis asseritur, captus fuit et detentus, sed permissione cuiusdam probi militis, Egidii scil. de Aunoit dicitur evasisse, indeque Balduinus cum Francis contra Flandrenses victoriam dicitur obtinuisse" p. 518. Aehnlich über die Veranlassung eines Streites zwischen Philipp August und Philipp von Flandern vom November 1181: „In qua discordia Radulphus comes Clarimontis... dicitur laborasse" etc. p. 531 (Z. 34/5).

[4]) „et tres, quarum nescio nomina" p. 505.

[5]) „Unde dicitur, quod etc. p. 573 (Z. 12—15).

[6]) „cuius mors ex instinctu domini imperatoris et domini Lotharii Leodiensis electi et fratris eius comitis de Hostada processisse dicebatur" p. 581. „Cui eciam domino imperatori dux Lovaniensis et dux de Lemborch, avunculus eius, mortem fratris sui Alberti imputabant" p. 582. Etwas Näheres scheint hierüber kein Zeitgenosse gewusst zu haben s. Toeche, Kaiser Heinrich VI 5. Beilage p. 550/1.

Ueberschauen wir kurz die Resultate dieser Untersuchung, so erscheint uns G. als ein Mann, der ohne nationale Vorliebe zwischen Deutschen und Romanen stehend, doch mit den deutschen Herrschern persönlich in nähere Berührung kommt, der — ohne grosse Gelehrsamkeit — doch eine tüchtige praktische Bildung hat und mit kirchlicher Gesinnung einen offenen Sinn und klares Verständniss für weltliche Angelegenheiten verbindet. Ein Freund energischen Handelns, selbst voll Thatkraft und politischer Gewandtheit, bleibt er bei aller Liebe für sein Land, für seinen Herrn und dessen Familie, bei allem persönlichen Interesse, das er durch eigenen Antheil an den erzählten Ereignissen hat, nüchtern genug, um Fehler anzuerkennen, Nachtheiliges nicht zu verschweigen, weiss auch bei dem Feinde Tugenden zu schätzen und ist endlich frei von jener leichtfertigen Gewissenlosigkeit, die mehr erzählen will, als sie weiss. — Wir finden in diesem Ueberblicke manche vortreffliche Eigenschaft für Den, der Geschichte schreiben will.

## Kap. III.

### RICHTUNG UND PLAN DES WERKES.

Wenn ich nun an das Werk selbst herantrete und zunächst nach den Absichten, die der Autor bei dessen Abfassung gehabt hat, nach der Tendenz, die ihm zu Grunde liegt, frage, so wird mich vor Allem die Frage zu beschäftigen haben: Liegt uns das ganze Werk des Gislebert vor? — Ich würde wohl kaum Veranlassung nehmen diese Frage aufzuwerfen, wenn nicht in der Vorrede zu der Ausgabe des Receuil des historiens des Gaules et de la France [1]) mit ziemlicher Bestimmtheit das Gegentheil behauptet würde. Der Herausgeber stützt sich hierbei auf folgende Argumente: 1) habe der Autor noch fast 30 Jahre nach 1195 (wo unsere Chronik abschliesst) gelebt; 2) sage er einmal, er bringe im Folgenden die Urkunden, welche die Erhebung Balduins zum Markgrafen von Namur und Reichsfürsten beträfen [2]), und diese fänden sich auch in unserem Codex; 3) hätten die Grafen von Hennegau später so glänzende Thaten vollbracht, dass man schwerlich glauben könne, G., dem weder Fähigkeit noch Neigung dazu gefehlt, habe sie nicht beschrieben [3]). — Was nun den ersten und letzten Punkt betrifft, so könnte ich ent-

---

[1]) tom. XVIII p. XIV/XV.
[2]) „Quorum privilegiorum transscripta in subsequentibus invenientur" p. 575 (Z. 27).
[3]) Die Hypothese tritt mit grosser Bestimmtheit auf: „Jacturam illam, si qua fuit, eo graviorem reputamus" etc. a. a. O. p. XIV.

gegnen, dass der Fall mit G. seit 1195 doch wesentlich anders lag; denn seit dem Tode Balduin V stand er — wenigstens ist dies mehr als wahrscheinlich — dem politischen Leben fern, keineswegs aber nahm er ferner noch in ähnlicher Weise, wie früher, persönlichen Antheil an den Geschäften seiner Grafen, dass er hätte versucht sein können, eigene Erlebnisse zu berichten [1]): ganz abgesehen davon, dass jene „glänzenden Thaten" im fernen griechischen Reiche vollbracht worden sind. — Es geben also diese Argumente auch nicht den mindesten Anhalt selbst dafür, dass G. etwa später eine Fortsetzung seiner Chronik, ein zweites Werk geschrieben habe: eine Annahme, die übrigens für die Beurtheilung der vorliegenden Chronik von geringer Bedeutung wäre. — Doch der Herausgeber des Receuil geht weiter; er meint, unsere Chronik sei nur das Stück eines grösseren Ganzen, die erste Hälfte eines Werkes, dessen zweite verloren gegangen sei, und kann sich hierfür nur auf den zweiten Punkt, auf das Fehlen der erwähnten Urkunden stützen. — Zunächst ist es mir nun nicht unwahrscheinlich, dass hier ein Versehen des Abschreibers vorliegt. Nachdem G. erzählt hat, dass er sich zu Reate die Urkunde mit königlichem Siegel, da Heinrich inzwischen Kaiser geworden wäre, durch eine neue mit dem kaiserlichen Siegel habe ersetzen lassen, fährt er fort, der Kaiser habe dem Grafen auch melden lassen, er werde keinen Anderen als ihn mit den Reichslehen des verstorbenen Grafen von Flandern belehnen; und nun kommt an ganz unpassender Stelle jener Hinweis auf die Urkunden [2]), der

---

[1]) S. 5/6 cfr. S. 14/15.

[2]) „Et quia dominus rex Romanorum antea novus factus erat imperator postea (nach Erledigung der anderen Geschäfte) sepedictus comitis Hanoniensis nuntius (G.) effecit in illis partibus..., quod privilegiorum, quod ab ipso domino imperatore apud Augustam super bonis comitis Namurcensis sigillo regio signatum habuerat, ibidem renovatum sub testimonio principum tam Lumbardie, quam... (Lücke) et Apulie et Theutonie renovatum, et sigillo imperiali aureo roboratum, et ipsi comiti transmissum fuit. Comiti eciam Hanoniensi mandavit dominus imperator quod super feodis imperii, que habuerat comes Flandrensis, nemini alii quam sibi suam gratiam adhiberet. Quorum privilegiorum transscripta in subsequentibus invenientur" p. 575.

hier keineswegs richtig stehen kann. Und wo hätte auch G. diese Urkunden (wenn es überhaupt erlaubt ist, von zweien hier zu sprechen) nachbringen sollen? Am Schlusse des Werkes oder sonst, aus dem chronologischen Zusammenhange gerissen? Es wäre das ganz wider seine Gewohnheit, da er mehr als einmal auch Urkunden in seine Erzählung einfügt [1]). — Nun folgt aber unmittelbar auf jene Worte die Nachricht von der Aenderung der Siegel Balduins, und an deren Schluss die Worte: „quo (seinem letzten Siegel) multa privilegia confirmavit, quibus Montensis, Melbodiensis... etc... ecclesie cum aliis multis gaudent." Für alle diese Kirchen finden sich Urkunden Balduins in dem späteren Theile der Chronik [2]), ja, es finden sich dort, wie ich vermuthe, alle Urkunden, die hier gemeint sind, da Balduin das Siegel, um das es sich hier handelt, überhaupt nur 9 Monate vor seiner letzten Krankheit geführt hat [3]), und ferner dort auch ausser den auf dem Krankenbette selbst gewährten Schenkungen wenigstens diejenigen früheren mit aufgeführt zu sein scheinen, in Folge deren dem Grafen Todtenmessen zugesichert worden sind [4]). Hier also — nach „gaudent" (p. 575 Z. 42) — würden jene Worte „Quorum privilegiorum transscripta in subsequentibus invenientur" nicht nur vortrefflich passen, sie fehlen uns fast, wenn wir die Ge-

---

[1]) p. 494. Das Lehnsverhältniss zwischen den Hennegauer Grafen und der Lütticher Kirche, wo nicht nur der Wortlaut zeigt, dass G. die Urkunde ausgeschrieben hat, sondern dies wohl auch Aegidius Aurae avallensis (Chapcaville: Qui gesta pontificum Leodiensium scripserunt auctores praecipui II) c. 3 (p. 11) bestätigt, denn dieser bringt den Anfang wörtlich wie G., den er auch sonst hier benutzt hat, und bricht dann ab mit den Worten: „Restant et alia plura in chartis maioris Ecclesiae Leodiensis conscripta super hoc, quae hic ob fastidium legentium praetermittimus." S. ferner die zahlreichen, theilweise wörtlichen Wiedergaben von Urkunden p. 594—599.

[2]) p. 594—599.

[3]) Es ist das Siegel mit der Inschrift: „Balduini marchionis Namurcensis Comitis Hanoniensis", das Balduin nach dem Tode seiner Gattin (15. Nov. 1194 p. 589) wieder annahm (nur von dieser zweiten Periode ist hier die Rede) und bis zu seinem Tode (18. December 1195 p. 600) führte. August 1195 erkrankte Balduin und lag nun bis zu seinem Tode in Mons (p. 592), wo er (p. 593) jene Urkunden ausstellte.

[4]) p. 595—597.

wohnheit des Autors, solche Hinweise zu machen, beachten ¹). — Aber mag diese Vermuthung auch nicht richtig sein, so dürften wir auch nur ein Versehen G.' constatiren, das nicht vereinzelt dastände. Ich werde später ²) Gelegenheit haben, von 3 anderen, analogen Versehen zu sprechen, die aber die hier besprochene Hypothese keineswegs stützen könnten; denn sie betreffen sämmtlich Vorfälle, die sich zu Lebzeiten Balduin V ereigneten, die also ihren Platz innerhalb der uns erhaltenen Chronik, nicht etwa in einem vermeintlichen zweiten Theile hätten finden müssen. — Auch ist ebenso wenig etwa G.' Einleitung hierfür anzuführen. Mit Hermann und Richilde, sagt er, wolle er beginnen, um von da ausführlicher bis zu Balduin (IV), der, mit Aelis vermählt, die Güter der Grafschaft sehr vermehrt habe und endlich zu Mons begraben worden sei, und zu dessen Sohn Balduin (V), dem Markgrafen von Namur, der durch seine Gattin auch Flandern einige Jahre besessen habe, und endlich zu dessen Nachfolgern übergehen zu können ³). Man sieht aus dieser Einleitung, er will im Wesentlichen die Geschichte Balduin IV und Balduin V geben, sie charakterisirt er schon hier

---

¹) s. S. 28.
²) S. 41--44.
³) „Cum de gestis et genealogia dominorum comitum Hanoniensium imperatorumque quorumdam Romanorum et Constantinopolitanorum, et regum Francorum, Jherosolimitanorum et Sicilie et Anglorum, multorum quoque principum & aliorum nobilium cum ipsis comitibus, sub brevitate dicere proposuerimus, ab Hermanno comite qui post quamplures comites comitatum Hanoniensem iure hereditario possedit, & cum eius uxore Richelde comitissa, muliere prudentissima ac potentissima, inicium habere volumus, ut inde ad Balduinum comitem, virum illustrem animosum & prudentem, Balduini comitis & Yolendis comitisse filium, qui uxorem habuit Aelidem comitissam, Montibus in monasterio beate Waldetrudis, in superiori crypta s. Johannis baptiste sepultam, — qui quidem comes post multos & inter multos labores bona comitatus sui Hanoniensis ampliavit, & demum Montibus in monasterio beate Waldetrudis in superiori choro sepultus fuit — et ad eius filium Balduinum comitem Hanoniensem & primum marchionem Namurcensem, virum sapientissimum & principem potentissimum — qui ex parte uxoris sue Margharete Flandriam per aliquot annos possedit, defunctusque Montibus in medio monasterio b. Waldetrudis ante altare beati Jacobi apostoli sepultu fuit — et ad eius successores lucidius transire possimus." p. 490.

eingehender, zu ihnen will er „lucidius transire", während er Balduin I, II, III, von denen auch gesprochen wird, hier ganz überspringt und ebenso die Nachfolger Balduin V nur ganz kurz berührt. Eine Geschichte der Nachfolger wird uns hier nicht versprochen; dass er die Chronik bis auf sie fortführen wolle, konnte er wohl sagen, denn es wird von ihnen nicht nur viel bei Lebzeiten ihres Vaters erzählt, sondern auch ihre Nachfolge berichtet [1]). Mit grösserem Rechte durfte er sagen, er wolle von ihnen sprechen, als von Königen Konstantinopels und Jerusalems [2]), deren doch nur viel seltener Erwähnung geschieht. — Natürlich darf man hier nicht eine Reihe von Nachfolgern verstehen wollen, sondern nur die beiden Söhne des Balduin V, die, der eine schon 1194 in Flandern, 1195 im Hennegau, der andere 1195 in Namur folgten [3]). — Nicht unerwähnt darf noch bleiben, dass, während G. ca 20 Mal — nicht nur auf spätere Zeiten, sondern ausdrücklich auf spätere Theile der Chronik hinweist, keine einzige dieser Hinweisungen — mit Ausnahme des oben besprochenen, jedenfalls doch sehr zweifelhaften Falles — eine etwa verloren gegangene Fortsetzung vermissen lässt, dass vielmehr diese Hinweisungen in bezeichnender Weise desto spärlicher werden, je näher wir dem Schlusse der Chronik kommen [4]).

Nicht also ein Bruchstück, sondern das ganze Werk liegt uns vor [5]) und wir vermögen den Plan des Autors vollständig zu beurtheilen.

---

[1]) Auf Letzteres möchte ich freilich die Worte der Einleitung nicht einmal beziehen. s. S. 69.
[2]) s. S. 27, n. 3.
[3]) Auch Arndt (p. 488) meint, dass G. hier mehr verspreche, als er halte; doch zieht er minder weit gehende Schlüsse hieraus, die in einem anderen Zusammenhange zu besprechen sein werden (S. 41--44).
[4]) Nach jener Stelle, im letzten Viertel der Chronik (p. 576—601) nur noch ein Fall (p. 592).
[5]) Gachard (in seinem Bericht, compte-rendu d. l. comm. reg. d'hist. Série IIme tom. VI p. 67) meinte gar, das vollständige Werk entdeckt zu haben und zeiht Du Chasteler eines grossen Irrthums, weil dieser geglaubt hat, die einzige Handschrift des G. zu besitzen. Leider aber hat Gachard die Annales Egmundani (875—1205) (Mon. Germ. SS. XVI p. 442), die der-

Wie G. selbst sagt[1]), will er über die Thaten und die Genealogieen der Grafen von Hennegau sprechen, wie über die einiger Römischer und Konstantinopolitanischer Kaiser, Könige von Frankreich, Jerusalem, Sicilien und England, auch vieler Fürsten und anderer Edlen, wo diese mit den Grafen von Hennegau in Berührung gekommen sind[2]). Dabei will er mit Hermann und Richelde beginnen, und endlich ausführlicher zu Balduin IV und Balduin V wie dessen Nachfolgern übergehen. Ich habe schon oben[3]) darauf hingewiesen, wie das Hauptgewicht hier auf die Geschichte Balduin IV und V gelegt ist. In der That giebt er uns nun schon die Geschichte Balduin IV weit ausführlicher[4]), als die seiner Vorgänger; eine chronologisch geordnete Erzählung beginnt doch aber erst mit Ostern 1168, dem Tage, wo Balduin V den Ritterschlag erhält[5]). Mit diesem Tage tritt Balduin in das öffentliche Leben, noch in demselben Jahre räumt er gewaltig unter den Dieben und Räubern des Hennegaus auf[6]), bei der Nachricht von seiner 1169 erfolgten Vermählung findet es G. nöthig hervorzuheben, dass er bei Lebzeiten des Vaters diesem doch stets gehorsam geblieben wäre[7]), jetzt tritt Balduin auch auf Turnieren und sonst in die erste theils freundliche, theils feindliche Berührung mit seinen Nachbarn[8]): kurz — dieser Ausgangspunkt war sicher nicht durch andere zufällige Umstände geboten, sondern von dem Autor nach Maassgabe des Stoffes gewählt;

---

selbe Codex enthält (Arndt p, 489), mit G.' Chronik zusammengeworfen, wie das aus den von ihm citirten Schlussworten des angeblichen Gislebert hervorgeht. Dennoch folgt dem Gachard noch Reiffenberg, Monuments p. servir etc. tom. I p. 672/3 s. v. Gilbert.

[1]) s. hierfür und für das Folgende das Citat S. 27 n. 3.
[2]) So nur kann, wie ich glaube, das „cum ipsis comitibus" verstanden werden.
[3]) S. 27.
[4]) p. 507—520.
[5]) p. 517.
[6]) S. 16 n. 3.
[7]) „dum pater eius Balduinus comes Hanonie vixit, ita ei fuit obediens quod in nullo eum offendit" p. 519.
[8]) p. 518. 519. 520.

eine Geschichte Balduin V war es, die hier einsetzen musste. Da nun hinzukommt, dass die Chronik bis zum Tode Balduin V geführt wird, dann aber G. wie abschliessend sich als Verfasser und die Quellen seiner Kenntnisse bezeichnet [1]), während einige folgende kurze Notizen [2]) schon hierdurch wie eine Art Nachtrag erscheinen [3]), so dürfen wir wohl mit Recht als den Kern der Chronik die Geschichte Balduin V, alles Vorhergehende aber als eine Einleitung betrachten.

Auch in dieser Einleitung lässt sich schon deutlich der Plan des Autors erkennen. Er beginnt mit Hermann und Richelde, offenbar, weil durch letztere die Verbindung zwischen Hennegau und Flandern hergestellt worden ist, eine Verbindung, die — bald wieder gewaltsam gelöst — erst durch Balduin V wieder realisirt werden konnte. Er erzählt nun in Kürze die Geschichte und Genealogie der Hennegauer Grafen bis 1168, indem er eine grosse Zahl von Episoden und Genealogieen einfügt, die auf den ersten Blick den Schein der Planlosigkeit darbieten, doch aber fast ohne Ausnahme dem Verständnisse der folgenden Erzählung dienen. So z. B. die scheinbar ganz unmotivirte Einschiebung über den Tod Godfrieds von Lothringen und den Erwerb von Bouillon und des Ducats durch Godfried von Bouillon [4]); sie dient dazu, die spätere Nachricht von dem Erwerbe des Ducats durch die Limburger, dann die Brabanter [5]) einzuleiten; und wenn auch diese Nachricht scheinbar nicht in die Geschichte des Hennegaus gehört, so tritt doch ihre grosse Bedeutung

---

[1]) „Hec omnia conscripta a Gisleberto, huius comitis clerico, scripto commendata sunt, qui gesta quorumdam imperatorum & regum & comitum Hanonjensium & quorumdam comitum Flandrensium, qui predecesserant, ex scriptis ecclesiarum quamplurium collegerat et his iura beate Waldetrudis amiscuerat et huius comitis Hanoniensis, principis illustris actibus tam in prosperitate quam adversitate fere omnibus interfuerat, quem eius dominus comes cancellarium suum effecerat et eum in bonis ecclesiasticis promoverat scilicet in" etc. p. 601.

[2]) p. 601.
[3]) s. hierüber S. 69.
[4]) p. 492/3.
[5]) p. 503/4.

für die Geschichte Balduin V später deutlich hervor, und G. verfehlt nicht, das punctum saliens schon jetzt zu betonen [1]. Ebenso verhält es sich mit der Erwerbung von Luxemburg [2], von la Roche [3] durch Heinrich von Namur, mit wohl allen Genealogieen auswärtiger Familien u. s. w. u. s. w. — Einen anderen Charakter tragen die beiden Episoden von der Gründung, Vorgeschichte und den Rechtsverhältnissen des Stiftes Ste Wandru in Mons [4], und der Gründung und Vorgeschichte Jerusalems (als Einleitung zu der Erzählung der Kreuzfahrt Balduin II) [5]. Diese beiden sind allerdings nur der persönlichen Liebhaberei des Autors zuzuschreiben und werden auch besonders von ihm eingeleitet, jene durch: „De ecclesia beate Waldetrudis, que caput est totius Hanonie inter cetera dicendum est", diese durch: „Sciendum est autem & ad questionem multorum respondendum, quis primus urbem Jherusalem edificaverit". — Später werden noch ohne sichtbaren Zusammenhang mit der Hennegauer Geschichte der zweite Kreuzzug und die Wahl Friedrich I zum Kaiser erzählt: diese jedoch als die bedeutendsten Ereignisse aus der Zeit Balduin IV: ein analoges Verfahren — doch wo möglich in noch geringerer Ausdehnung — können wir in der Geschichte Balduin V beobachten.

Beschränkt sich der Autor in der Einleitung also im Wesentlichen auf die Geschichte des Hennegau und auf die Klarlegung von Verhältnissen, die für das Verständniss der späteren Erzählung richtig erscheinen, so giebt er nun von 1168 [6] an in consequentester Weise eine Geschichte des Grafen Balduin I. Nur selten führt er

---

[1] „Et sic ducatus ad comites Lovanienses devenit; attamen nullam ex ducatu ipso extra terminos sue proprie terre unquam exercuerunt iusticiam" p. 504. Hiermit weist dann G. zu Schwäb. Hall Heinrich von Löwen zurück, der — gestützt auf seine angebliche herzogliche Gewalt über Hennegau und Namur — sich der Erhebung Balduins in den Fürstenstand widersetzt. p. 571/2.
[2] p. 518.
[3] p. 511/2.
[4] p. 495—501.
[5] p, 501/2.
[6] p. 517.

Vorfälle, die in diese Geschichte hineinragen, etwas weiter aus, als es für diese unbedingt nothwendig wäre: wie die Belagerung von Neapel, erzählt bei dem Berichte G.' über seine Gesandtschaft zum Kaiser, den er eben dort aufsucht, aber schon auf dem Rückzuge, in Reate, trifft[1]), — wie ferner die Erzählungen vom dritten Kreuzzuge[2]), der jedoch durch mehrfache Beziehungen, durch die Betheiligung und den Tod Philipps von Flandern, durch die Betheiligung Heinrichs von Champagne, durch die zeitweilige Abwesenheit Philipps II u. s. w. auf Balduins Geschichte von grossem Einflusse gewesen ist; kaum wird ein dritter Fall sich nennen lassen. Nicht häufiger fügt er kurze Notizen an, die sich zwanglos an das Erzählte anschliessen: wie die Nachricht von der Vertreibung der Juden durch Philipp II, nachdem er von dessen Succession gesprochen[3]), wie bei dem Reichstage zu Schwäbisch-Hall die oben[4]) erwähnte Rechtskontroverse, — wie bei dem Reichstage zu Worms die Nachricht von der Investitur Brunos von Köln[5]), der übrigens bald in der Chronik eine, wenn auch nicht gerade bedeutende Rolle spielt[6]), — und weniges Andere. — Sehen wir aber nun hiervon ab, so bleiben im Ganzen 3 Fälle, wo G. Nachrichten bringt, die mit der Geschichte Balduin V in keinem sichtbaren Zusammenhange stehen. Zum Jahre 1178 erzählt er die Beendigung des Kirchenschismas und des Streites zwischen Kaiser und Papst[7]), zum Jahre 1194 die Befreiung der Kaiserin Konstanze, Geburt ihres Sohnes und endgültige Unterwerfung von Sicilien und Apulien[8]), und zum Jahre 1195 die Erwerbung der Rheinpfalz durch Heinrich von Braunschweig[9]): die beiden ersten wenigstens Ereignisse, die die Gemüther wohl nicht

---

[1]) p. 574/5.
[2]) p. 553. 555. 566. 570. 578/9.
[3]) Beides 1180. p. 529.
[4]) S. 13.
[5]) p. 577/8.
[6]) p. 578. 580.
[7]) p. 527.
[8]) p. 591.
[9]) p. 591.

nur im ganzen deutschen Reiche bewegten. Nicht erzählt werden z. B. die Empörung Philipps von Köln in den Jahren 1186/7 [1]), obwohl Gelegenheit war dessen Verfeindung mit dem Kaiser zu erwähnen [2]), und Philipp in den Jahren 1185—1190 eine bedeutende Rolle in der Geschichte Balduin V spielte, — Rückkehr und Kämpfe Heinrich des Löwen 1189/90, obwohl von dessen Vertreibung mehrfach die Rede ist [3]), — die französisch-englischen Kämpfe von 1189, 1194, 1195, an denen Balduin V nicht betheiligt war, — nicht berührt selbst die Geschichte Flanderns, seitdem dies November 1194 aus den Händen Balduin V in die seines Sohnes, Balduin VI, übergegangen war [4]). Die wenigen Ausnahmen können uns also den Plan des Autors nicht verdunkeln: er will eine Geschichte des Grafen Balduin V, von 1168—1195, geben.

Dass trotz dieser Beschränkung G.' Chronik eine weit über das Lokalinteresse hinausgehende Bedeutung hat, braucht wohl hier kaum noch hervorgehoben zu werden. — Vasall, dann Fürst des deutschen Reiches und Vertreter der kaiserlichen Partei am Niederrhein, wo damals ein grosser Theil deutscher Reichsgeschichte sich abspielte, Schwiegervater und zeitweise Lehnsmann des Königs von Frankreich, Lehnsmann des Königs von England, herrschend an der Grenze Deutschlands und Frankreichs und — so lange er im Besitze Flanderns war — nicht minder die englischen Besitzungen berührend, spielt Balduin V eine bedeutende Rolle in den Geschicken dieser 3 Mächte, — und, indem G. uns seine Geschichte giebt, giebt er uns ein gut Theil deutscher, französischer und englischer Geschichte aus jenen Jahren. — Andrerseits aber ist die Chronik gerade dadurch interessant, dass sie uns das volle Bild eines thatenreichen Fürsten jener Zeit giebt und uns einen Einblick gewährt in die Zustände und Schicksale eines deutschen Territoriums aus einer Zeit, wo die Reichsgeschichte anfing, sich in die Geschichten einzelner Fürstenthümer zu zersplittern.

---

[1]) Toeche: Heinrich VI p. 64—85.
[2]) p. 553.
[3]) p. 513. 517.
[4]) p. 589.

## Kap. IV.

## FORM DES WERKES.

Ich habe mich mit der Auswahl des Stoffes beschäftigt und gehe nun zu dessen Anordnung über.

Hier ist die Einleitung von der eigentlichen Chronik scharf zu trennen. Den Inhalt jener habe ich bereits besprochen[1]): er ist, wie G. selbst sagt[2]), aus Kirchenschriften geschöpft, während die Geschichte Balduin V meist nach eigener Anschauung berichtet wird. Bis auf die Geschichte Balduin IV hält sich G. auch hier im Ganzen an den chronologischen Gang der Ereignisse, indem er an mehr oder weniger passender Stelle seine Einfügungen macht: so wird der Tod Gottfrieds von Lothringen und das Folgende an der chronologisch richtigen Stelle eingefügt[3]), die längere Episode von dem Stifte Ste Wandru an eine beiläufige Erwähnung desselben geknüpft[4]), an eine Erwähnung Roberts von Flandern die Genealogie seines Schwagers, Wilhelms des Eroberers[5]) u. s. w. Für die Geschichte

---

[1]) S. 30/1.
[2]) s. das Citat S. 30 n. 1.
[3]) p. 492. G. nennt irrthümlich Goscelo I statt Godfried den Bärtigen der um Weihnachten 1069 starb; es passen also die Zeit, wie alle genealogischen Angaben auf diesen letzteren. Ich weiss nicht, warum Arndt, statt jenen einen Irrthum zu constatiren, dem G. 4 Irrthümer vorwirft (p. 492/3. not. 69. 72. 73. 76).
[4]) p. 495.
[5]) p. 503.

Balduin IV aber, wo er schon eine grössere Fülle von Nachrichten bringt, fehlt ihm jeder chronologische Anhalt. Nach einem Ereignisse von 1163[1]) wird ein solches von 1150[2]) berichtet, später eines von 1147[3]), der Tod des Bischof Nicolaus von Cambray aus 1167[4]), gefolgt von der Nachricht vom Tode Karls von Flandern aus 1127[5]) u. s. w. Zum Jahre 1168 begegnet uns in der Chronik die erste Zeitangabe[6]), und von hier an folgt der Autor im Grossen und Ganzen dem chronologischen Verlaufe, indem er fast ohne Ausnahme jedem Ereignisse genaue Zeitangabe beifügt. Er hält sich hierbei nicht nur an die Eintheilung nach Jahren (die er nach der in Hennegau üblichen Rechnung mit Ostern beginnt), sondern ordnet auch innerhalb eines jeden Jahres seine Erzählung in streng chronologischer Weise. Es wäre überflüssig, dieses ganz allgemeine Gesetz durch viele Beispiele zu belegen, es mögen einige wenige genügen: So werden zum Herbst 1187 die Absendung und die ersten Erfolge des kreuzpredigenden Kardinallegaten erwähnt, dann zum 29. November desselben Jahres eine Zusammenkunft des Kaisers und des französischen Königs, zum 27. und 28. December ein Besuch des Letzteren in Valenciennes und Tournay dazwischen geschoben und hierauf zum 20. Februar (nach Gislebertscher Rechnung: desselben Jahres) von der Ankunft des Legaten in Mons und von seiner weiteren Thätigkeit erzählt[7]); so wird 1191 (1192 nach unserer Rechnung) erst erzählt, dass Philipp II (19. Januar) sich mit Balduin über die flandrische Erbschaft geeint und ihn auf den 1. März zur Huldigung

---

[1]) p. 510. 1163 nach der erhaltenen Urkunde Reiffenberg, Monuments etc. I p. 127.
[2]) Der Verlust Roncorts p. 510; 1150 nach Annales Cameracenses (Mon. Germ. SS. XVI p. 509—554) ad 1150.
[3]) Der Tod Walters von Avesnes p. 511; 1147 nach Balduini de Avennis Chron. (ed. Le Roy) c. 24.
[4]) p. 513. s. z. B. Ann. Cameracenses ad 1167.
[5]) p. 513. s. z. B. Anselmi Gomblac. Contin. Sigeberti (Mon. Germ. SS. VI p. 375—385) ad 1127.
[6]) p. 517.
[7]) p. 553—555.

nach Arras beschieden habe, dann die Huldigung berichtet, die Balduin am 19. Februar dem Erwählten von Lüttich leistet, und hierauf zum 1. März die Reise nach Arras und die dortige Huldigung gemeldet[1], und so häufig. — An einer Stelle spricht G. sich selbst über diese Anordnung aus: Er berichtet zu 1175 die Wahl Rogers zum Bischof von Laon und fügt hinzu, dieser hätte, wenn Balduin ihm nicht beigestanden hätte, das Bisthum dann wieder verloren, „sicut in subsequentibus loco suo plenius dicetur"[2]; diese weitere Erzählung folgt, wo sie chronologisch hingehört, zu 1177[3].

Die Regel also ist durchaus, dass der — Jahren, Monaten und Tagen folgenden chronologischen Anordnung der innere Zusammenhang der Ereignisse weichen muss. Wenn der Autor bisweilen (ich zähle 4 Fälle) frühere Ereignisse nachträglich erzählt als erläuternde Einleitung zu chronologisch richtig gestellten Nachrichten, so gehören diese Ereignisse nie in die Geschichte Balduins, hätten also, wenn sie nicht eben hier dem Verständnisse anderer Stellen dienen müssten, wohl gar keinen Platz in der Chronik gefunden, und vermögen daher um so weniger unsere Regel zu erschüttern[4]. — Ebenso wenig gehören die kurzen Notizen, in denen der Verfasser nach seiner Weise auf spätere Consequenzen der erzählten Ereignisse hinweist, hierher. — Doch fehlt es allerdings auch nicht an Fällen, die in der That als Ausnahmen jener Regel zu bezeichnen sind, in denen G. nämlich des Zusammenhanges wegen, dem chronologischen Verlaufe in bewusster Weise vorgreifend, Erzählungen bis zu ihrem Schlusse führt.

---

[1] p. 579/580.
[2] p. 525.
[3] p. 526.
[4] Es sind dies: 1) Der Streit zwischen Kaiser und Papst als Einleitung zu dem chronologisch richtig eingefügten Lateranischen Concil vom 5. März 1179 p. 527; 2) eine längere Vorgeschichte der Grafen von Duras als Veranlassung eines Krieges, an dem dann Balduin Theil nahm p. 567; 3) die Nachricht vom Tode des Wilhelm von Sicilien und Nachfolge des Tankred, einleitend die Anberaumung eines Reichstages nach Augsburg durch Heinrich VI p. 570; 4) die kurze Notiz von der Eroberung Akras, an die sich die Nachricht von der Heimkehr Philipp II. anschliesst p. 578.

So wird zu 1173 ein englisch-französischer Krieg bis zum Friedensschlusse (September 1174) erzählt, während darauf erst Hennegauer Ereignisse, die während dieses Krieges (1173) vorfielen, berichtet werden [1]); zu 1189 der Kreuzzug der Deutschen bis zum Tode Friedrichs von Schwaben (Januar 1191)[2]), zu 1190 der Philipp II und Richards, ganz kurz bis zur Eroberung von Cyprus (Mai 1191) geführt [3]); an die Kreuzfahrt des Heinrich von Champagne die Notiz angeschlossen, dass die ihm verlobte Ermensendis von Namur eine Zeitlang noch in der Champagne blieb, dann aber dem Vater zurückgeschickt wurde [4]); zu 1193 die Gefangenschaft Richards bis zur Heimkehr (Februar 1194) erzählt, und dann fortgefahren: „Eodem vero anno, dum... captivus moraretur" etc.[5]); zum November 1195 nach der Investitur Alberts von Lüttich auch gleich seine Consecration und Heimkehr berichtet[6]); — nachgetragen werden zum Juli 1189 („Tunc temporis ante datas treugas") einige minder wichtige Notizen [7]), und, nachdem der Kampf im Lütticher Bisthumsgebiet bis zu seinem Abschlusse (Januar 1195) geführt ist, die Geburt Friedrich IV und Unterwerfung Apuliens (Weihnachten 1194 [8]). — Da diese Abweichungen also einerseits nicht zahlreich genug sind[9]), andrerseits — ausser dem vorletzten, sehr unbedeutenden Falle — durchgehends Notizen betreffen, die nicht unmittelbar in den Plan der Chronik gehören, so dürfen sie uns an dem (für die chronologische Fixirung mancher

---

[1]) p. 523.
[2]) p. 566.
[3]) p. 570.
[4]) p. 573.
[5]) p. 583.
[6]) p. 593.
[7]) p. 568.
[8]) p. 591 („Tempore illo & anno, cum hec tractabantur circa episcopatum Leodiensem").
[9]) 2 Fälle konnte ich hier nicht anführen, da in dem einen (Vermählung Heinrichs von Namur p, 518 cfr. p. 550) ein Versehen des Autors, in dem anderen (Zug gegen Gerard von Douay p. 531) höchst wahrscheinlich eine Corruptel unserer Handschriften (in dem Folgenden) — ein sicheres Urtheil über die Chronologie nicht gestatten.

Ereignisse natürlich sehr fruchtbaren) Gesetze des Autors nicht zweifeln lassen.

Die Frage liegt nahe, ob nicht eine Aufzeichnung, die sich so genau an den chronologischen Verlauf anschliesst, gleichzeitig mit den Ereignissen stattgefunden haben muss. Diese Annahme findet nicht wenig Stützpunkte. Erstens können in der That so genaue Zeitangaben, die ausser dem Monatsdatum häufig sogar den Wochentag [1]), ja die Tageszeit [2]) fixiren, nicht nach 10—20 Jahren gemacht worden sein. Ebenso wenig könnten so geringfügige Umstände notirt sein, wie der Geburtstag Theobalds von Champagne [3]), wie die genauen Lokalitätsbezeichnungen bei den Besuchen Balduins in Namur Juli 1187, Mai 1188 [4]), dass der König, als er 1190 Heinrich von Löwen zu Schwäbisch-Hall belehnte, „in claustro monachorum equo et spacioso" gesessen habe [5]) u. a. m.; ferner die genauen Reiserouten Balduins nach und von Hagenau, nach und von Mainz, von Virton, nach Worms (mit dem jedesmaligen Geleiter auf den verschiedenen Strecken) [6]), des Cardinallegaten [7]), G.' nach und in Italien [8]). Weiter gehören hierher die so überaus häufigen namentlichen Aufzählungen der Theilnehmer eines Ereignisses, deren Zahl 6 Mal über 30, 3 mal über 40, 2 mal über 50, einmal sogar auf 61 steigt [9]); nicht

---

[1]) „feria VI ante adventum Domini" p. 531. „feria II pentecostes", feria III p. 538/9. „feria VI pentecostes" p. 540, „quadam dominica ante festum S. Petri die tercia" p. 541. u. s. w. u. s. w.   Man beachte auch z. B., wie G. es scharf sondert, als Balduin am 27. December 1192 dem Lothar von Lüttich Rathschläge über sein Verhalten gegenüber Heinrich von Löwen giebt und am 28. December — nach einer Unterredung mit Heinrich — ihm ziemlich dieselben Rathschläge durch einen Boten wiederholen lässt: ein späterer Autor hätte das sicher zusammengeworfen.

[2]) „post prandia", „ad vesperam" p. 539. „ante prandium", „post prandium", „post auditam missam" p. 559 u. s. w.

[3]) p. 528.

[4]) „in atrio S. Albani" p. 553 „in atrio S. Marie" p. 556 u. s. w.

[5]) p. 571.

[6]) p. 537. 538. 540. 554. 564.

[7]) p. 555.

[8]) p. 573/4.

[9]) p. 522/3. 533. 533/4. 535. 539. 557/8.

minder die steten Angaben der Heeresstärke, wobei fast ohne Ausnahme die drei Bestandtheile: Ritter, dienende Reiter und dienende Fusssoldaten geschieden sind[1]). Ist es nach alle dem nöthig, auf die häufig so lebendigen Schilderungen, die oft in das kleinste Detail gehenden Erzählungen, die genauen Berichte über Unterhandlungen und Friedensschlüsse hinzuweisen? Es kann keinem Zweifel unterliegen, dass wenigstens die Grundlage der Chronik durchaus zeitgenössische Notizen bilden. Doch ebenso wenig kann es zweifelhaft sein, dass diese Notizen nach Schluss der Periode, die sie umfassen, zu einem einheitlichen Werke verarbeitet worden sind. Dies zeigen schon rein äusserlich die erwähnten[2]) zahlreichen Hinweisungen von früheren Theilen der Chronik auf spätere, sowie die noch häufigeren Fälle (ich zähle deren etwa 35), wo nur auf eine spätere Zeit, nicht ausdrücklich auf eine spätere Stelle der Chronik hingewiesen wird. Doch gewichtiger noch sind die mehr inneren Argumente. Es lässt sich an mehr als einer Stelle zeigen, dass räumlich weit getrennte Partieen der Chronik oder ganze grössere Theile derselben unter einem Gedanken stehen, unter der Herrschaft dieses einen Gedankens niedergeschrieben sind. Hierhin gehören z. B. die oben[3]) erwähnten Nachrichten von der herzoglichen Gewalt der Brabanter, hierhin überhaupt die oben[4]) erwiesene planmässige Auswahl des Stoffes in der Einleitung. Unter Anderem[5]) ist hier besonders auch eine — man kann es kaum anders nennen — eine Marotte des Autors bezeichnend. Er spitzt sich nämlich darauf, alles später erzählte Unheil, das über den Hennegau, Brabant, über Heinrich von Namur, Heinrich von Champagne, über Jakob von Avesnes und Philipp von Flandern hereinbrach, aus einem Zwiste herzuleiten, der sich 1182 über den Ort Lembecha erhob.

[1]) Beispiele liefert von p. 510 an (nach der Einleitung) wohl jedes Blatt der Chronik.
[2]) S. 28.
[3]) S. 30.
[4]) S. 30/1.
[5]) z. B. auch S. 18 u. f.

„O mala Lembecha", so ruft er klagend hier aus, „per quam, motis per imperium et per regnum Francorum nimius inimiciciis, inde comitatus Hanoniensis longe lateque supervenientibus exercitibus in maiori parte igne concrematus est! O mala Lembecha per quam ducis Lovaniensis terra sepius predis & igne vastata est! O mala Lembecha per quam Henricus comes Namurcensis castrum suum Namurcum & eius dominium amisit, & Henricus comes Campaniensis, multis factis expensis, exercitus magnos commovit, sed non profecit! O mala Lembecha per quam Jacobi de Avethnis terra in maiori parte predis multis & magnis factis & igne vastata est! O mala Lembecha per quam sepedictus comes Flandrie Philippus potentissimus una die civitatem unam & castra 65 amisit, sicut in subsequentibus plenius de singulis predictis manifestabitur"[1]). Und nun spukt das „böse Lembecha" durch einen geraumen Theil der Chronik, und bis Herbst 1185 wird getreulich berichtet, wenn es wieder einen Theil seiner Unglücksmission erfüllt hat; seine ganze ihm eben zugeschriebene Aufgabe hat es aber erst 1190 gelöst[2]). — Ich habe hier Einzelnes hervorgehoben. Es wird aber wohl überhaupt Niemandem, der die Chronik in ihrem Zusammenhange durchliest, zweifelhaft bleiben, dass er es hier nicht mit lose aneinander gereihten Notizen, sondern mit einem einheitlich durchgearbeiteten Werke zu thun hat.

Dass die Ueberarbeitung jener Notizen eine ziemlich umfassende war, das zeigen uns wohl zur Genüge die angeführten äusseren und inneren Merkmale der späteren Redaktion; ich muss hierfür jedoch

---

[1]) p. 535.
[2]) „Patet igitur de malis que per Lembecham, sicut supra dictum est, evenerunt contra comitem Hanoniensem primo, deinde contra Jacobum de Avetnis, postea contra comitem Flandrie" p. 548 (Z. 15—17). „Patet itaque cum aliis dampnis predictis id malum a Lembecha processisse ad detrimentum ducis Lovaniensis" p, 549 (Z, 10/11). „Unde mala multa comiti Namurcensi & toti terre sue & labores comiti Hanoniensi & suis ducique Lovaniensi dispendia & detrimenta grandia evenerunt; que omnia a Lembecha malam sumpserunt originem" p. 550. Die versuchten Einfälle Heinrichs von Champagne finden erst 1188/9 statt p. 562 cfr. 563. p. 568, 569, der Verlust Namurs 1188 p. 560/1 und endgültig 1190 p. 569/70. Erst hier hat Lembecha seiner Aufgabe genügt.

noch auf die oben [1]) besprochenen Abweichungen von der chronologischen Ordnung erinnern und nicht minder einige chronologische Ungenauigkeiten anführen, die sich in eine gleichzeitige Notiz nicht hätten einschleichen können: wie die Nachrichten vom Tode Heinrich II von England (1190 statt 1189), von der Freilassung der Kaiserin Konstanze (1194 statt 1192), von der Vermählung Heinrichs von Braunschweig (1195 statt 1194) [2]), und zu 1178 die Verwechslung des schon 1164 gestorbenen Gegenpapstes Victor mit Callixtus [3]). Ich muss nun eine Bemerkung berühren, die der Herausgeber in den Mon. Germ. in seiner Einleitung giebt. Er sagt [4]): weil G. nicht, wie er versprochen, über die Nachfolger spreche, werde er zu der Ansicht geführt, dass uns nur eine erste Redaction der Chronik vorliege [5]), und er stützt diese Ansicht durch 3 Stellen, wo der Autor auf andere Stellen der Chronik hinweist, die sich aber in derselben nicht finden. Zunächst weiss ich nicht recht, wie das zu verstehen ist. Von einer „ersten Redaction" sollte man doch nur sprechen, wenn irgend eine Spur darauf hinweist, dass eine zweite Redaction später geschehen oder wenigstens beabsichtigt worden sei; von einer solchen Spur ist aber hier nicht die Rede und kann nicht die Rede sein. Deuten nun gewisse Anzeichen auf eine Unvollkommenheit der Redaction, so wird man doch höchstens sagen dürfen, der Autor habe nicht die nöthige Sorgfalt bei der Abfassung seines Werkes angewandt. Denn dass ein Autor bei einer ersten Redaction etwa auf Erzählungen hinweisen sollte, die er sich bei

---
[1]) S. 36/7.
[2]) p. 570. 591. 591. In wie weit hier der Irrthum auf Rechnung späterer Nachtragung oder eines Missverstehens der eigenen Notizen zu schreiben ist, will ich dahingestellt sein lassen. Alle diese Nachrichten könnten nämlich als Einleitung einer folgenden, richtig gestellten Notiz erscheinen, wenn nicht der Ausdruck sie ganz bestimmt selbst in diese Zeit wiese. Zu beachten ist auch, dass über die Freilassung der Kaiserin G. p. 575 (Z. 87) das Richtige hat.
[3]) p. 527.
[4]) p. 488.
[5]) „Chronicon, sicuti in praesenti id habemus, nil esse nisi primam redactionem ab auctore confectam" a. a, O,

einer Ueberarbeitung des Werkes einzuschieben vorbehält, ist mir doch mehr als unwahrscheinlich; wahrscheinlicher ist wohl, dass er jene an einer späteren Stelle versprochenen Erzählungen dann zu geben vergessen hat: die einzelnen Fälle werden dies für unsere Chronik noch deutlicher zeigen. — Dass zunächst die Erwähnung der Nachfolger nicht hierher gehört, habe ich bereits oben[1]) besprochen. Ebenso ist die letzte der 3 von Arndt sonst herangezogenen Stellen, der Hinweis auf die kaiserlichen Urkunden, bereits berührt, und glaubte ich das Versehen dem Abschreiber, nicht dem Autor zuschreiben zu dürfen[2]). Nicht minder kann wohl die erste jener 3 Stellen beseitigt werden. Nachdem G. die Geschichte der Richelde und ihres Sohnes Balduin, die zur Zeit den Hennegau gemeinschaftlich regierten, bis zu ihrer endgültigen Vertreibung aus Flandern durch Robert den Friesen geführt hat, erzählt er[3]), dass sie nun sich frommen Werken gewidmet hätten, und schliesst hier, veranlasst durch eine beiläufige Erwähnung, die Episode von dem Stifte Ste Wandru an[4]); darauf kehrt er[5]) zur politischen Geschichte zurück mit den Worten: „Redeamus inde ad Richeldem comitissam et Balduinum eius filium, qui Roberto agnomine Frisoni multos & continuos et eius Flandrensibus moverunt guerrarum insultus" Arndt wirft G. nun vor, dass im Folgenden von Richeldis nicht mehr die Rede sei. Es wird von den weiteren Verwicklungen mit Flandern gesprochen, in denen Richeldis weiter keine Rolle spielt; aber zuerst ist sie doch noch mit thätig und das wird auch gesagt: „moverunt guerrarum insultus"; und wäre dies auch nicht der Fall, so wäre es doch auch nicht zu verwundern, wenn der Autor mit denselben Namen, an die sich seine politische Geschichte bisher geknüpft hatte, den fallen gelassenen Faden dieser wieder aufnimmt. Am allerwenigsten könnte man hier, wo G. seine Kunde alten

---

[1]) S. 27.
[2]) S. 25/6.
[3]) p. 495.
[4]) p. 495—501.
[5]) p. 501.

Kirchenschriften entnimmt, auf die Absicht einer späteren Einfügung weiterer Schicksale der Richelde schliessen. — Anders liegt es mit der zweiten jener Stellen, für uns der letzten: wenn auch Arndt ganz mit Unrecht sagt: „allegare vult chartam pacis Valencenensis, nec allegat". G.[1]) erzählt die Errichtung der pax Valencensis durch Balduin III und fügt ausser einer Bestimmung über Schutz des Eigenthums gegenüber dem Grafen eine andere hinzu, wonach auch die Hörigen der Ritter sich dieser pax erfreuen sollten, der Graf aber von diesen und allen Einwohnern der Stadt — ausser Klerus und Ritterschaft — die „mortuas manus" zu empfangen hätte; nun hätte Balduin VII selten, Balduin IV streng diese mortuas manus eingezogen; und jetzt fährt G. fort: „quod eciam eius filius Balduinus (V) post ipsum per aliquot annos fecit, deinde ab his eos (die Bürger) absolvit. Postea ipsas mortuas manus de communi eorum consilio sibi readiudicari fecit, sicut plenius in subsequentibus ipsius comitis gestis per presens scriptum invenietur". Also kein Wort davon, dass er die charta pacis, die Jacques de Guise an dieser Stelle einfügt, bringen wolle: gewisse Vorfälle aus der Zeit Balduin V will er in der Geschichte dieses Grafen erzählen; und wenn er das dann nicht thut, so liegt hier gewiss kein Grund vor zu glauben, dass er sich das für eine spätere Ueberarbeitung verspart habe, sondern wir müssen einfach sagen: er hat es vergessen.

Kann ich also von den durch Arndt herangezogenen Stellen nur diese letzte als Beweis gelten lassen — nicht dafür, dass uns nur eine erste Redaction der Chronik vorliege, sondern dafür, dass G. sich eine Vergesslichkeit habe zu Schulden kommen lassen, — so muss ich für diesen letzteren Umstand noch 2 Stellen anführen. — Zum Sommer 1195 [2]) bringt G. eine Schenkung des Kastellans Balduin von Mons, die nach dessen — Mai 1195 erfolgten [3]) — Tode Heinrich, der Sohn jenes Balduin, und Graf Balduin V bestätigen;

---

[1]) p. 512.
[2]) p. 591/2.
[3]) cfr. p. 591/2 mit der Urkunde Arndt Reg. Nr. 17.

in Folge dessen hat das Jerusalemer Hospital dem Stifte Ste Wandru einen jährlichen Zins zu zahlen und Balduin leistet für diese Zahlung Bürgschaft: „Unde ipsius hospitalis fratres domino comiti & predicto castellano quarundam missarum celebrationem exhibendam perpetuo promiserunt, de quibus in subsequentibus plenius dicemus". Letzteres thut G. nicht, denn die kurze Erwähnung am Schlusse der Chronik, wo er die Bestätigungen Balduin VI für Ste Wandru aufzählt[1]), kann hier nicht gemeint sein. Offenbar wollte er dies da bringen, wo er die lange Reihe der Urkunden, in denen Balduin V sich Anniversarien oder Messen ausbedingt, mehr oder minder wörtlich oder im Auszuge bringt[2]); denn dass das Hospital jenes Versprechen schon bei Lebzeiten Balduin V (er stirbt 18. December 1195) gegeben habe, geht aus der Bestätigungsurkunde Balduin VI[3]) hervor, wo es heisst: „... Hospitalis conventus patri meo.. concessit, quod in ecclesia sua de officio quaqua ebdomada dum viveret pater meus, pro ipsius salute duas missas de b. Maria, post decessum vero ipsius.. pro salute anime eius etc. celebrari faciet". — Giebt G. also hier jene Urkunde nicht, so hat er sie vergessen. — Unter jenen Bestätigungen Balduin VI aber[4]), die sich beziehen sollen auf „omnia supradicta, que pater eius & avus Montensi ecclesie confirmaverunt", zählt er auch eine Urkunde „de duobus modiis frumenti pro censu molendini" auf; und hierüber findet sich Nichts in der Chronik.

Diese drei Versehen haben wir an der Redaction der Chronik zu rügen: Versehen, die wir dem Autor nicht zu hoch anrechnen werden gegenüber der sonst überall hervortretenden umfassenden und planmässigen Ueberarbeitung seines Stoffes.

Nachdem ich so das Verfahren G.' bei der Redaction seiner Chronik charakterisirt habe, muss ich nun eine Stelle bezeichnen,

---

[1]) „et de elemosyna Montensis castellani Balduini" p. 601.
[2]) p. 594—599.
[3]) Arndt Reg. Nr. 28.
[4]) p. 601.

wo eine grössere Parthie sich als später eingeschoben kennzeichnet; es gehörte das nicht in die bisherige Untersuchung, weil diese sich nur mit der Abfassung des Werkes beschäftigte, die jetzt zu erwähnende Stelle aber eben erst in das fertige Werk eingeschoben worden ist; — eine solche Einfügung aber, zu der vielleicht noch das Nachtragen einer kurzen Notiz hinzutritt, noch nicht etwa berechtigt, von einer „Umarbeitung" oder „Ueberarbeitung" zu sprechen.

Für eingeschoben muss ich also die Stelle von „Verum cum in prima" (nach Herinis) p. 496 (Z. 37) bis „.. et Braina-Castello", p. 497 (Z. 20) halten. Vor jener Stelle heisst es nämlich[1]): Mons ist mit Recht das Haupt des Hennegaus, weil die heil. Wandru, Herzogin von Lothringen, dort gelebt habe und begraben liege „et cum comes Hanoniensis ad ipsius ecclesie (Ste. Wandru) abbatiam et advocatiam ab antiquo sublimatus fuerit, et cum bonis multis ipse et eius feodati tam in Hanonia quam in Brabantia ditati sunt; verum cum et in prima ipsius ecclesie institutione abbatissa fuerit ad ecclesiam regendam ordinata, cuius electio ad capitulum ipsius loci proprie pertinebat, incerti sumus quomodo abbatia ipsius ecclesie ad advocatos suos comites Hanonienses in proprietatem devenerit et hereditatem. Statutum fuit equidem ut ad abbatiam proprie pertineret tercia pars predictorum allodiorum s. Waldetrudis, ut per illam partem due partes in meliorem ecclesie provenirent commoditatem, melius que ad eius usus salvarentur, scilicet in Quarignon, Gamapia, Frameries et Kevi et in Herinis". Und nun wiederholt sich der Satz „Verum cum — ordinata" wörtlich (nur „et" fehlt und „fuisset" — statt „fuerit" steht am Ende), und es wird jetzt das, was der Autor soeben nicht zu wissen bekannt hat, nämlich. wie die Abtei an die Grafen gekommen sei, auf das Ausführlichste erzählt, abschliessend mit: „sicque abbatia in comitum hereditatem devenit"[2]), also ziemlich wörtlich positiv, wie es oben positiv gelautet hatte („incerti sumus, quomodo abbatia" etc.). Doch

---
[1]) p. 496.
[2]) p. 497 (Z. 11).

nicht minder zweifellos gehört noch das Folgende zu dem Nachtrage. Denn nach „devenit" wird fortgefahren: „qui (die Grafen) de bonis que ad partem abbatie pertinebant, multa per loca, salva tamen donatione capituli, homines quosdam feodavit": ein Satz, der — nur genauer — das bringt, was oben mit „et cum bonis multis ditati sunt" gesagt ist. Danach wird ebenso die Nachricht von der Theilung der Einnahmen zwischen Abt und Kirche wiederholt, nur ebenfalls viel genauer und einmal sogar widersprechend. Zunächst wörtlich: „Statutum equidem fuerat (oben „fuit" und equidem vorgestellt), ut ad abbatiam proprie pertineret tercia pars (oben predictorum) allodiorum s. Waldetrudis, ut per illam partem due partes in meliorem provenirent prebendarum (statt ecclesie, provenirent oben nachgestellt) commoditatem meliusque ad usus ecclesie (oben „ad eius usus") salvarentur"; und statt nun gleich, wie oben, die Orte zu bezeichnen, an denen der Abt Antheil hat, wird hier erst hinzugefügt „et per illam abbatie partem ecclesia ab hiis que a domino papa & eius legatis & domino Remensi & domino Cameracensi & eorum officialibus quandoque requiruntur, que quidem giste vel porsonia vulgariter dicuntur, ab abbate prorsus liberetur": eine Bestimmung, die — was der Nachtragende offenbar übersehen hat — auch schon in dem ursprünglichen Theile, an späterer Stelle, und zwar genauer, stand [1]), und jetzt folgt: „Bona autem, cum quibus cum capitulo abbas participat sunt in villis Quarignon, Gamapia, Frameries & Kevi et Herinis et Castris et Hal et Braina-Castello", so dass also noch 3 Orte zu den oben genannten hinzugefügt sind.

Es sind also die Sätze „et cum bonis multis ipse" bis „et in

---

[1]) p. 499: „Dominus comes Hanoniensis pro bonis que ex abbatia habet, ecclesiam beate Waldetrudis a quibusdam que a domino papa et eius cardinalibus (fehlt oben, steht aber in den Urkunden, (s. das Folgende)) et legatis et a domino Remensi et eius officialibus et a domino Cameracensi et eius officialibus quandoque requiruntur, que quidem giste vel porsonia dicuntur vulgariter debet omnino liberare et pro ecclesia exsolvere (steht in den Urkunden). Per hoc et canonici S. Germani tamquam b. Waldetrudis capellani, ab hiis exactionibus liberantur". Die theilweise wörtliche Uebereinstimmung kann hier um so weniger auffallen, als der Wortlaut Urkunden ent-

Herinis", p. 496 Z. 29—36, von einem besser Unterrichteten durch den Absatz „Verum cum in prima" bis „et Braina-Castello" p. 496 (Z. 37) — 497 (Z. 20) ersetzt worden. Man könnte sagen, G. habe beides aus 2 verschiedenen Quellen hinter einander abgeschrieben. Aber eine solche Gedankenlosigkeit traue ich G. einfach nicht zu. Und dann müsste er auch die ganzen Rechte des Stiftes in der Stadt Mons, die sich eng an das Vorhergehende anschliessen[1]), der Quelle A entnommen haben, die jedoch nicht etwa eine Rechtsaufzeichnung des Stiftes gewesen sein könnte, sondern — darauf deutet der Ausdruck an vielen Stellen[2]) — ebenso wie die Quelle B eine Stiftschronik. Soll also G. über Rechtsverhältnisse von Ste. Wandru so blindlings ohne jede Kritik 2 alten Stiftschroniken gefolgt sein, er, der als Custos und zeitweise Vicepropst[3]) dieses Stiftes mit jenen Verhältnissen sehr vertraut gewesen sein muss? Auch das ist nicht denkbar.

Eine andere Frage ist es, ob G. selbst den Nachtrag gemacht habe. Es ist mir das sehr wahrscheinlich. Die Ausdrucksweise harmonirt durchaus mit der der ganzen Chronik und auch die wörtlichen Wiederholungen, wo dennoch kleine Abweichungen nicht gescheut werden, lassen darauf schliessen. Ich glaube, dass G. jene nun überflüssig gewordenen Sätze „Verum cum" bis „Braina Castello"[4]) dann gestrichen hat oder doch hat streichen wollen, der Abschreiber aber sie wieder mit aufgenommen hat.

Ueber eine zweite Stelle, eine — zwar kurze, aber wichtige — Notiz, die ich für späteren Zusatz halte, wird im folgenden Kapitel ausführlicher zu handeln sein.

---

spricht, die G. kannte s. p. 598 (Urkunde Balduin V hierüber) und p. 601 (Erwähnung der Urkunde Balduin VI) cfr. Arndt Reg. Nr. 18 und Nr. 26.
[1]) p. 497 (Z. 20 ff.).
[2]) Natürlich müsste G. wörtlich abgeschrieben haben, und die theilweise wörtlichen Uebereinstimmungen der Sätze sich schon in den beiden Quellen finden; denn sonst müsste ja G. mit Absicht dieselben Worte wieder gewählt haben, müsste also bemerkt und sich daran ergötzt haben, dass er 2 mal dieselben Dinge mit sachlichen Verschiedenheiten berichte.
[3]) Arndt Reg. Nr. 17. 18. 20. 26.
[4]) p. 496 Z. 29—36.

## Kap. V.

### ZEIT DER ABFASSUNG.

Wenn unsere Chronik auch zum grössten Theile auf zeitgenössischen Notizen beruht[1]), so haben diese doch, wie ich gezeigt zu haben glaube,[2] eine so umfassende Ueberarbeitung erfahren, dass — selbst abgesehen von dem erst bei der Redaction Hinzugefügten — auch auf jene Notizen das Maass der Kenntnisse, die der redigirende Autor sich von den Ereignissen noch bewahrt hatte, so wie seine nunmehrigen Ansichten über das, was er erzählen will, nicht ohne Einfluss gewesen sein können. Es ist daher sehr wichtig, nach der Zeit zu fragen, in der die Chronik verfasst worden ist. Nach einer Nachricht über Hugo von Petraponte (Pierrepont) will Arndt[3]) diese Abfassung nicht vor 1200 annehmen. G. bringt nämlich in der Genealogie der Namurschen Familie auch die Kinder des älteren Hugo von Petraponte: „ipse Hugo filios habuit milites, quorum unus fuit Robertus, miles probus et magni nominis, et Hugonem clericum satis litteratum et discretum, Leodiensis ecclesie maiorem prepositum archidiaconum et abbatem et postea episcopum"[4]). Nun wurde Hugo Anfangs März (oder Ende Februar?) 1200 zum Bischof ge-

---

[1]) S. 38/9.
[2]) S. 40 ff.
[3]) p. 488.
[4]) p. 509.

wählt¹), nach vielen Streitigkeiten aber erst den 21. April 1202 geweiht²). Hätte G. während dieser Zeit geschrieben, so hätte er — bei seiner ausnahmslosen Gewissenhaftigkeit in der Wahl dieser Ausdrücke³) — Hugo sicher nicht episcopus, sondern electus genannt. Dieser Nachricht zufolge müsste also die Chronik nach dem 21. April 1202 geschrieben sein.

Doch zwischen diesem Datum und dem Jahre 1225, in dem G. sicher spätestens gestorben ist⁴), ist noch ein grosser Zeitraum. Nach einem Irrthume zu urtheilen, den Arndt dem Autor zutraut, scheint er die Abfassung der Chronik sehr weit hinausschieben zu wollen. Denn wäre dieser Irrthum wirklich zu constatiren, so müsste er als directer Beweis für eine sehr späte Abfassung gelten. Ich muss daher näher darauf eingehen.

G. berichtet zum Jahre 1171, dass Balduin V bei seiner Succession eine pax für den Hennegau erlassen habe und theilt in 4 Sätzen mehrere wesentliche Bestimmungen dieser pax mit⁵). Arndt bemerkt hierzu: „Gislebertus in errorem incidisse videtur, quum pax ista a Balduino VI anno 1200 demum data fuerit", und zieht eine Stelle des Jacques de Guise heran (L. XVIII c. 2), worin dieser G. jenen Vorwurf macht und sich schliesslich mit den Worten zu helfen sucht: „Forte posset dici quod iste comes Balduinus pacem et car-

---

¹) Annales Reineri (Mon. Germ. SS. XVI p. 651—680) ad 1200 cfr. Aegidius Auraeavall. (Chapeaville; Qui gesta pontif. etc. II) c. 96/7.
²) Ann. Reineri ad 1202.
³) Die Chronik giebt sehr viel Gelegenheit, diese Gewissenhaftigkeit zu prüfen. Nur einmal (p. 564), als G. zu 1188 erzählt, welche Würden ihm sein Graf verschafft habe, sagt er, dieser habe ihm auch von dem Bischof Albert von Kuch die Abtei des Marienstifts zu Namur ausgewirkt; Albert aber wurde — November 1194 gewählt — erst Januar 1196 (p. 593 cfr. Ann. Reineri ad 1195), also kurz nach dem Tode Balduins geweiht. Dieser Irrthum ist aber hier gar nicht in Rechnung zu bringen, da einerseits der Vorfall nicht an der chronologisch richtigen Stelle berichtet ist, der Autor also weder eine zeitgenössische Notiz dabei benutzt hat, noch sich überhaupt der Zeit, in der er es geschehen war, wieder bewusst zu werden brauchte, — andrerseits Albert doch schon consecrirt war, als G. schrieb.
⁴) Arndt p. 488.
⁵) p. 521.

Hantke, Chronik Gisleberts.

tam composuerit et filius eius Balduinus consequenter eam proclamari aut manifestari fecerit, et sic starent dicta Gilberti in virtute"[1]). Die Schwäche dieser Auskunft leuchtet ein. Es wäre zu sonderbar, wenn Balduin V eine solche stylistische Uebung 24 Jahre mit sich herumgetragen[2]), und sein Sohn das theure Vermächtniss erst nach weiteren 4 Jahren proklamirt hätte! Auch sagt G. ausdrücklich: „Ad hec ipse Balduinus comes novus de communi hominum suorum consensu et consilio quandam in Hanonia pacem ordinavit et eam tenendam tam suo proprio quam hominum suorum maiorum iuramento confirmavit" und am Schlusse „in pacis huius institutione" etc. Kann also hier nur der Friede von 1200 gemeint sein, so hat sich G. bei einem so bedeutenden Ereignisse einen schweren Irrthum zu Schulden kommen lassen, und er müsste jedenfalls lange Zeit nach 1200 geschrieben haben. — Welches sind aber die Gründe für Annahme eines solchen Irrthums? Dass Balduin V bei seinem Regierungsantritte eine pax erlassen hat, die er von seinen grösseren Vasallen beschwören liess, und dass sein Nachfolger, als er sich zur Kreuzfahrt rüstete[3]), auch eine pax von seinen Vasallen hat beschwören lassen[4]), das an und für sich kann doch noch nicht befremden. Fast möchte man sagen, beides liess sich erwarten: von dem gestrengen Balduin V, dessen erste Ritterthat die Ausrottung der „Herren Räuber und Mörder" war[5]), dass er bei Uebernahme der gräflichen Gewalt eine solche pax erliess, von Balduin VI, der

---

[1]) Arndt p. 521 not. 56.

[2]) Denn G. bringt die Sache ausdrücklich als erste Regierungshandlung des Balduin zwischen 2 Nachrichten vom 7. November und 25. December 1171, nennt auch Balduin dabei „comes novus". a. a. O.

[3]) Die pax ist vom 28. Juli 1200. Den 23. Februar 1200 nahm Balduin VI das Kreuz (Geoffroi de Ville-Hardouin Exc. Receuil etc. XVIII p. 431—514) c. 7.

[4]) Die Einleitung sagt hier nur: Hec est forma pacis in toto comitatu Hainoensi, quam d. comes Flandrensis et Hainoensis Balduinus et viri nobiles et alii milites iuramentis suis assecuraverunt et confirmaverunt, appositisque sigillis... roboraverunt". Und am Schluss: Hec omnia d. comes Flandrensis et Hainoensis Balduinus et homines sui viri nobiles et alii milites... se plenarie observaturos iuraverunt". Arndt Beil. VI p. 619. 620.

[5]) p. 518.

nach dem fernen Orient aufbrach, dass er eine ähnliche von seinen Vasallen beschwören liess. — Eine ähnliche: denn in der That finden sich einige der Bestimmungen, die G. anführt, in der pax von 1200, nämlich, dass Tödtung mit Tödtung, Verstümmelung mit Verstümmelung zu sühnen sei und dass die Verwandten eines flüchtigen Verbrechers diesen abschwören müssten, um dann von jeder Verantwortlichkeit frei zu sein. Waren das aber Erfindungen des 12. oder 13. Jahrhunderts? Zum Ueberfluss berichtet G. selbst aus 1182 die Anwendung des letzteren Satzes durch Balduin V[1]), und alle von ihm berichteten Sätze — mit Ausnahme von einem — finden sich in einem 1184 für den Hennegauer Ort Haspra aufgezeichneten Rechte[2]). — Es ist also nicht im Mindesten nöthig, hier eine Verwechslung anzunehmen: aber es ist auch nicht einmal möglich. Denn von den 4 Sätzen des G. findet sich der Inhalt von zweien und gerade den eigenthümlichsten, nicht in der pax des Balduin VI. Es sind dies die beiden mittleren Sätze: dass der, welcher sich dem Gerichte nicht stellt, für schuldig zu erachten sei und später nur nach Uebereinkunft des Grafen und der Verwandten des Geschädigten wieder losgesprochen werden könne, und dass ein Edler, der einen Bauern erschlage, von dem Grafen Indulgenz erlangen könne, doch nur, wenn die Verwandten des Geschädigten zustimmten. Der letzte Satz mag wohl den „Herren" zu unbequem gewesen sein, der erste Fall[3]) ist in der pax von 1200 nicht vorgesehen[4]).

---

[1]) p. 531, die Episode von Gerard, praepositus von Douay.

[2]) Mir. III p. 351—353 (cfr. Arndt Reg. Nr. 10). Es fehlt nur die Bestimmung über das Verfahren in dem Falle, wo ein Edler einen Bauern erschlägt: leicht erklärlich, da Edle wohl nicht unter der Ortsgerichtsbarkeit standen, um die es sich hier handelt.

[3]) Es kann sich hier nur um den handeln, der — in contumaciam verurtheilt — später sich stellt und als unschuldig erkannt wird; sonst war von Erlass der Strafe bei einem Nicht-Edlen keine Rede; nur dem Edlen konnte — unter der angegebenen Beschränkung — das Verbrechen nachgesehen werden.

[4]) Die pax von 1200 soll, wie ausdrücklich gesagt wird, nur für Nicht-Ritter gelten, während G. von einer solchen Beschränkung Nichts erwähnt, im Gegentheil eine Bestimmung über nobiles bringt; auch sehen wir einen

Diesen angeblichen Irrthum G.' kann ich also hier nunmehr ausser Betracht lassen. — Ich würde zunächst versuchen, innerhalb der Jahre 1202—1225 einen möglichst sicheren Endtermin für die Abfassung der Chronik zu bestimmen, wenn nicht gerade die sichersten Argumente für die Festsetzung desselben auf die Zeit vor 1202 wiesen [1]). Ich will zunächst versuchen zu beweisen, dass die Chronik nicht nach dem 14. April 1202 verfasst sein könne, dass also jene Worte: „et postea episcopum" (S. 48) ein späterer Zusatz sein müssen, um dann vor dieser Zeit einen sicheren terminus ad quem zu finden.

Die Gelegenheiten, einen terminus a quo zu bestimmen, scheinen zahlreich. Ich habe schon mehrfach erwähnt, wie sehr es G. liebt Hinweisungen auf spätere Zeiten zu machen. Oft (ca. 20 Mal) deutet er dabei mit Worten wie „sicut in subsequentibus manifestabitur" und dergl. an, dass er dies später ausführlicher erzählen werde; öfter aber noch (ich habe die Zahl der Fälle bereits [2]) auf gegen 35 angegeben) fehlt eine solche Andeutung, und nicht selten [3]) — zum Beweise, dass er nicht nur auf Vorfälle hinweist, die in seiner Chronik besprochen werden — kommt er eben dann wirklich nicht mehr auf die betreffende Angelegenheit zurück [4]). Ich muss ferner an die zahlreichen Genealogieen der Einleitung erinnern, in denen eine spätere Abfassung vielfache Gelegenheit gehabt hätte, sich zu verrathen; denn wenn ich auch oben [5]) die Planmässigkeit bei der Auswahl dieser Genealogieen betont habe, so dienen sie doch nicht alle in ihrer ganzen Ausdehnung nur der Aufklärung der folgenden Ge-

---

der anderen Sätze auf Ritter anwenden (s. S. 51, n. 1). Auch das könnte noch betont werden.

[1]) Mit Ausnahme von einem sprechen übrigens diese Argumente alle ebenso gegen die Zeit nach Januar 1200, als gegen die nach Ostern 1202.
[2]) S. 39.
[3]) Ich zähle 13 Fälle.
[4]) Es handelt sich hier meist nur um den chronologisch geordneten Theil der Chronik, bei der Einleitung kann, ihrem Inhalte und ihrer Anordnung zufolge, nur an wenigen Stellen von „Hinweisungen auf eine spätere Zeit" in diesem Sinne die Rede sein.
[5]) S. 30.

schichte und namentlich die Genealogieen der Glieder des Hennegauer Grafenhauses scheinen möglichst vollständig gegeben zu sein, vollständig eben bis zur Zeit des Autors. — So zahlreich also nun die Gelegenheiten zur Controlle sind, ausser jener Notiz über Hugo von Petraponte findet sich doch nirgends ein Anhalt dafür, dass die Chronik später als im Jahre 1196, wo sie abschliesst, verfasst sei. Im Gegentheil lässt sich das überwiegend Meiste von dem hierher Gehörigen direct als vor 1196 geschehen nachweisen; nur äusserst selten ist als spätester Termin mit Sicherheit erst eines der nächsten Jahre (1197, 1198—1200) zu fixiren; und ebenso selten (nur einige Male innerhalb der Genealogieen) lässt sich innerhalb eines längeren Zeitraumes kein bestimmter Termin angeben[1]). — Schon diese Isolirtheit also könnte uns jene Notiz etwas verdächtig machen.

Doch es stehen uns eine grosse Zahl von Fällen zu Gebote, aus denen deutlich hervorgeht, dass der Autor von Vorgängen, die vor 1102 fallen, zur Zeit als er schrieb, noch keine Kenntniss gehabt hat.

Als er die Geburt der Ermensendis, der Tochter Heinrichs von Namur (Juli 1186) erzählt, fügt er hinzu: „Unde mala multa comiti Namurcensi & toti terre sue et labores comiti Hanoniensi et suis ducique Lovaniensi dispendia et detrimenta grandia evenerunt; que omnia a Lembecha malam sumpserunt originem"[2]). Und das konnte man 1196, vielleicht noch 1197 sagen. Denn diese Geburt hatte viele Kämpfe zwischen Balduin und seinem rheinischen Gegner zur Folge, dem Grafen von Namur und dem Brabanter viel Unheil veranlasst, dem Grafen von Hennegau aber zwar viel Drangsal, doch — nach endlichem Siege — keinen Schaden gebracht. Doch bald sollte das Blatt sich wenden. 1196 starb Heinrich von Namur[3]), und 1197 eröffnete Graf Theobald von Bar, der kurz nach dem Tode des

---
[1]) Jede Vermählung eines hennegauer oder französischen Vasallen, jede Geburt eines von deren Kindern lässt sich natürlich nicht auf Jahr und Tag bestimmen.
[2]) p. 550.
[3]) Annales Reineri ad 1196.

Heinrich die Ermensendis geheirathet hatte[1]), den Kampf um die Erbschaft[2]). Am 26. Juli 1199 wurde Friede geschlossen, in dem Theobald nicht nur Luxemburg, sondern auch die Grafschaften la Roche und Durbuy und ein sehr grosses Stück von dem eigentlichen Namur behielt, ausserdem ihm aber Balduin von Flandern 500 „libratas terrae" zu Lehen gab und für den Verzicht auf den verhältnissmässig geringen Rest der Erbschaft verspricht, ihm entweder vom König von England Land zu Lehen zu verschaffen, dessen Werth vollständig dem Werthe jenes Stückes von Namur entspräche oder ihm noch 200 libratas terrae zu geben[3]). — Damit waren fast alle Errungenschaften Balduin V auf dieser Seite aufgegeben. Der zweite Gatte der Ermensendis, Walram von Limburg[4]), sucht den Nachkommen Balduins auch noch jenen Rest zu entreissen[5]); aber 1222 wurde die Abmachung von 1199 auf das Genaueste bestätigt[6]). — Der hennegau-flandrischen Seite also war nunmehr grosses Unheil aus der Geburt der Ermensendis erwachsen, nicht der Gegenpartei. Durch die oben citirten Worte zeigt G., dass er hiervon noch keine Ahnung hatte. Auf dieselbe Annahme werden wir gewiesen durch die Art, wie er die Heimschickung der Ermensendis erzählt: „attamen comitis Namurcensis filia sibi (dem Vater) non fuit reddita tunc temporis, cum homines comitis Campanensis (ihres Verlobten, der nach Palästina gegangen war) eius reditum quandoque expectarent, et ad terras comitis Namurcensis anhelarent; que tamen

---

[1]) Ann. Reineri ad 1217.
[2]) Ann. Reineri ad 1197 (nach der Nachricht vom Tode Heinrich VI): Eodem tempore comes de Bar maximum exercitum in terram Namucensem adduxit, & maximam partem terrae devastavit". Der spätere Alberich bringt dies irrthümlich zu 1193 (kurz vorher den Tod Heinrichs des Löwen).
[3]) Die Friedensurkunde ist abgedruckt Receuil etc. tom. XVIII p. 628 n. a. Eine Bestätigung der Ermensendis v. November 1200. Reiffenberg, Monuments etc. I p. 5/6. cfr. Ann. Reineri ad 1214.
[4]) Seit 1214 Ann. Reineri ad 1214.
[5]) Ann. Reineri ad 1217.
[6]) Reiffenberg, Monuments etc. I p. 135—137. Aus diesem Nachtrage geht hervor, dass damals Balduin VI zu jenen 500 libr. terrae noch die 200 hätte hinzufügen müssen (s. o.).

filia, pro nimia comitis Campanensis mora, patri reddita fuit"[1]). Keine Andeutung einer späteren Vermählung derselben; gewissermaassen befriedigt schliesst er hier seine Rechnung mit der Ermensendis ab, ihre Gefährlichkeit scheint beseitigt. An anderer Stelle berichtet G. einen Ehevertrag vom Mai 1193 zwischen Balduin V und Graf Peter von Nevers, wonach dieser jetzt Jolende, die Tochter Balduins, Philipp, der Sohn Balduins aber die einzige Tochter des Peter (Mathilde), wenn sie heirathsfähig geworden wäre, heirathen sollte; Philipp sollte dann bei der Vermählung von Peter die Grafschaft Tonnerre, nach dessen Tode aber ganz Nevers erhalten; darauf fand zwischen 24. und 30. Juni die Vermählung des Peter und der Jolende statt „et conventiones super matrimonio Philippi et parvule filie ipsius comitis ibidem a multis nobilibus iurate fuerunt. Deinde Philippus cum sorore sua in terram Nivernensem transivit, et ibi ab aliis nobilibus et militibus et burgensibus fidelitates accepit"[2]). — Schon 1199 war dieser Vertrag zu nichte geworden. Herveus de Giemo (auch de Donziaco genannt) heirathete 1199 jene Tochter des Peter und erhielt Nevers und Erbanspruch auf Tonnerre und Auxerre, — unterstützt von Philipp August, der damals mit der welfisch-englisch-flandrischen Partei im Kampfe stand [3]); vergebens mahnt der Papst, dessen Vorgänger unter den Bürgen des Vertrages von 1193 genannt war, zur Aufrechterhaltung desselben [4]):

---

[1]) p. 573.
[2]) p. 583/4. Die Angaben G.' bestätigt die erhaltene Vertragsurkunde, abgedr. a. a. O. not. 41 (Zu Nevers tritt noch Auxerre, das G. wohl mit unter „terra Nivernensis" einbegreift).
[3]) Chronologia Roberti Altissiodorensis (Auxerre) (Exc. Receuil etc. XVIII p. 247—290) ad 1199: „Philippus rex Petri Comitis Nivernensis filiam Herveo de Giemo tradit in conjugem, et cum ea comitatum Nivernensem....., Altissiodoro et Ternodoro Petro patri puellae, quoad viveret, derelictis" cfr. Historia episcoporum Altissiodorensium (Exc. Receuil etc. XVIII) p. 726. Radulf. de Diceto (Exc. Receuil etc. XVII) p. 658. Delisle: catalogue des actes de Philippe-Auguste Nr. 568 (Urkunde v. October 1199) Nr. 574. cfr. Nr. 575 577.
[4]) Schreiben des Innocenz an den Erzbischof von Rheims, den Grafen Peter und Philipp II von 1199. Receuil etc. XIX p. 375.

als Frankreich und Flandern Frieden schliessen, verzichtet Philipp von Namur, Januar 1200, auf die Ausführung jenes Vertrages [1]). — Von alle dem kann G. bei Abfassung seiner Chronik keine Kenntniss gehabt haben. Es ist die Gewohnheit des Autors, dass er von Verträgen genau berichtet; ebenso aber deutet er auch, wenn ein solcher Vertrag später nicht gehalten worden ist, dies in einer Art sittlicher Entrüstung regelmässig gleich bei jener ersten Nachricht an. So sagt er bei dem — dem hier besprochenen Falle ganz analogen — Ehevertrage mit der Familie Champagne schon zu 1171: Conventiones autem ille in parte fuerunt observate, et post multa iuramenta in parte nequaquam, sicut in subsequentibus dicetur" [2]) und ebenso über den neuen Vertrag — hier erst bei dessen zweiter Beschwörung —: „Que quidem iuramenta postmodum male fuerunt observata" etc. [3]) So p. 542 (Z. 34): „treuge usque ad duos annos fuerunt firmate, sed a duce nunquam observate"; p. 543 (Z. 20): Que iuramenta et pacis oscula citius lesa fuerunt"; p. 546: Jacob von Avesnes erbot sich zu einem Zweikampf „Loco autem et tempore oportuno Jacobus hoc complere recusavit" [4]) (Z. 8); p. 556 (Z. 2): „Quequidem inducie non satis fuerunt observate, ut postea dicetur"; p. 583 (Z. 26): „Conventiones tamen eorum in nulla parte fuerunt observate" [5]). Häufiger noch sind die analogen Fälle, wo er andeutet, wenn überhaupt irgend etwas, das er gerade erzählt, später rückgängig geworden, anders

---

[1]) Delisle: Catalogue etc. Nr. 591.

[2]) p. 520 Z. 5/6.

[3]) p. 550 (Z. 44).

[4]) Auch dies ist nicht schon Erzählung, sondern nur vorläufige Andeutung; erzählt wird die Sache später (p. 546 Z. 19 ff.).

[5]) Dass G. bei den häufigen Abmachungen mit Heinrich von Namur Nichts dergleichen erwähnt, kann nicht als Ausnahme gelten; denn einerseits bilden die Kämpfe um die Namursche Erbschaft fast die halbe Chronik, andrerseits liess sich ja auch nicht sagen, dass diese Versprechungen u. s. w. gebrochen worden wären: es wurde zwar oft versucht, sie rückgängig zu machen, aber Balduin erzwang ihre stete Erneuerung. (1199 war es dann freilich anders gekommen).

ausgeschlagen ist, als zu erwarten war¹); und zwar deutet er in gleicher Weise auf Vorfälle, die er dann selbst noch erzählt, wie auf solche, die in seiner Chronik weiter keine Stelle gefunden haben. Alle diese Bemerkungen müssen als ein Ausfluss des persönlichen Interesses erscheinen, das G. an dem Erzählten nimmt. — Nach alle dem hätte G. keineswegs von jenem für die Familie des Balduin so wichtigen Vertrage so ruhig erzählt, noch weniger ohne alle Bemerkung die Entgegennahme der Huldigungen durch Philipp als präsumtiven Erben berichtet, wenn er von jenen Ereignissen von 1199 Kunde gehabt hätte²).

Einen weiteren erheblichen Anhalt bieten G.' Berichte über die flandrische Erbschaft. 1177, so erzählt er, war diese dem Balduin und seiner Gattin Margarethe, der Schwester des kinderlosen Grafen Philipp von Flandern, zugesprochen worden³); als aber 1180 Elisabeth, die Tochter Balduins, mit Philipp von Frankreich vermählt wurde, erhielt dieser als Mitgift Erbanspruch auf Arras, Aire, St. Omer und Hesdin⁴). 1184 vermählte Philipp von Flandern sich noch einmal mit Mathilde von Portugal und stattete diese bei der Vermählung mit Aire und St. Omer und einem grossen Theil des anderen Flandern aus; später fügte er dem, aus Feindschaft gegen Balduin, noch fast alles Uebrige hinzu⁵). König Philipp gab hierzu März 1185 seine Zustimmung (so dass ihm nur noch der Anspruch auf Arras und Hesdin blieb), Balduin weigerte sich — jetzt und später — das Gleiche zu thun⁶). Als dann Balduin 1191 die Nachricht vom Tode des Philipp vernimmt, gewinnt er durch rasches Handeln den ihm gebührenden Theil des Landes, tastet aber weder den fran-

---

¹) z. B. p. 518 (Z. 39/40). 527 (Z. 16/17). 576 (Z. 38/9). 580 (Z. 33). 582 (Z. 38/9). 586 (Z. 23/4) etc.
²) Januar 1200 ist die Sache für immer erledigt. Philipp von Namur heirathet später eine Tochter Philipp Augusts.
³) p. 526.
⁴) p. 529.
⁵) p. 541.
⁶) p. 551.

zösischen Erbtheil, noch überhaupt das an, was der Mathilde gleich bei ihrer Vermählung und nicht erst nachträglich (s. o.) übertragen worden war: diesen Theil des Dotaliz erkennt er also jetzt doch an ¹). Im Frieden vom October 1191 erhält dann Balduin seinen beanspruchten Theil, Mathilde das ihr bei der Vermählung übertragene Dotaliz, von dem sie jedoch Aire und St. Omer sofort an Philipp August abtritt ²); Arras und Hesdin werden nicht weiter erwähnt, sie fielen unbestritten an Philipp. Spätere Versuche Philipp II bei seiner Rückkehr aus Palästina, diesen Vertrag umzustossen, wurden bald wieder aufgegeben, und am 1. März 1192 war die Angelegenheit mit der Huldigung Balduins erledigt ³). — So bei Lebzeiten Balduin V. Anders dachte sein Sohn und Nachfolger. Nachdem er noch im Juni 1196 mit Philipp II sich verbündet hatte ⁴), schliesst er vor dem 8. September desselben Jahres einen Vertrag gegen diesen mit König Richard ⁵), und im Juli 1197 eröffnet Balduin den Krieg ⁶). August/September 1198 kommen Aire und St. Omer schon in seine Hände⁷), und diese namentlich werden ihm auch in dem Frieden zu Peronne

---

¹) p. 574.
²) p. 576. Sie wären sonst erst nach ihrem Tode an Ludwig, den Sohn des Philipp II und der Elisabeth gefallen, ebenso wie das übrige Dotaliz an Balduin oder seine Erben (s. d. Urkunde p. 583 n. 41 [p. 584 Z. 46—48]). Das war der natürliche Erbgang, da ein Dotaliz nur für die Lebenszeit gegeben wurde und dann an die Erben des Gatten fiel. Mathilde starb erst 1218.
³) p. 578/9. 579/80.
⁴) Delisle, Catalogue etc. Nr. 497/8. cfr. Rigordus (Receuil etc. XVII) p. 46.
⁵) Receuil etc. XVII p. 46 not. cfr. Reiffenberg: Monuments etc. I p. 323/4 und 325/6: letzteres Verträge Balduin VI mit Johann von England und Philipp von Namur für den Fall, dass Balduin VI oder König Richard während des Krieges stürben, sie sind datirt „octavo die mensis Septembris anno regni Richardi regis.. octavo" und von Reiffenberg ganz irrthümlich in 1195 (3) gesetzt (Tod Heinrich II Juli 1189, Krönung Richards 3. September 1189).
⁶) Sigeb. Cont. Aquicinct. ad 1197 cfr. Delisle, Catalogue Nr. 519 (Anfang August 1197 bittet Phil. II das Kapitel von Rheims um Hülfstruppen gegen den Grafen von Flandern). Radulf. Coggeshale (Receuil etc. XVIII) p. 79.
⁷) Sigeb. Cont. Aquic. ad 1198. Radulph. de Diceto (Receuil etc. XVII) ad 1198. cfr. Roger de Hoveden (Receuil etc. XVII) ad 1198 und Radulph. Coggeshale (Receuil etc. XVIII) p. 82.

vom 2. Januar 1200 zugesprochen¹). 1212 gewinnt dann Ludwig, der Sohn Philipp II, diese Städte wieder²); vergebens erhebt sich Graf Ferdinand von Flandern bald darauf zu neuem Kampfe und wird 1214 in der Schlacht bei Bovines gefangen³) und erst nach 12 Jahren, Anfang 1226, dieser Haft entlassen⁴).

Wie verhält sich G. dem gegenüber? Dass Aire und St. Omer je wieder von hennegau-flandrischer Seite beansprucht werden könnten, fällt ihm nicht ein; seit Balduin 1180 mit Vermählung der Elisabeth an Philipp II auf diese Städte verzichtet hat, handelt es sich nach G.' Ansicht nur darum, ob sie Frankreich oder die Wittwe Mathilde erhalten solle. Ich gebe die bezüglichen Stellen: 1180 „Dolebat quidem comes Hanoniensis quod pars Flandrie pro matrimonio illo ad regem Francorum post decessum comitis Flandrie devenire debebat; compositum enim fuit, ut Atrebatum civitas et Sanctus Audomarus Ariaque et Hesdinum... ad regem Francorum deveniret, alie vero comitis Flandrie possessiones omnes ad comitem Hanonie & uxorem eius Margharetam & eorum heredes devenirent"⁵); 1184: Philipp von Flandern „eam (Mathilde) multis bonis in nuptiis dotavit, scilicet Sancto Audomaro et Aria, que post suum decessum in partem regine Francorum Elizabeth cedere debebant. Dotavit eam eciam Duaco, Sclusa.. etc., que ad comitissam Hanoniensem et eius filios pervenire debebant"⁶); 1191: „Cives itaque Atrebatenses et burgenses Arienses et Sancti Audomari et multi alii comiti Hanoniensi adhe-

---

¹) Receuil etc. XVIII p. 552. Urkunde des Balduin VI über den Vertrag. cfr. Delisle, Catalogue Nr. 579—590.
²) Delisle, Catalogue Nr. 1349—1352 cfr. Genealogia comitum Flandriae (Exc. Receuil etc. XVIII) p. 559.
³) Dies dargestellt von Scheffer-Boichhorst in „Forschungen zur deutschen Geschichte" VIII p. 537 ff.
⁴) Chronicon Turonense (Exc. Receuil etc. XVIII p. 300—320) ad 1226 (p. 346). Andrens. Monast. Chron. (Exc. Receuil etc. p. 568—583) ad 1227. cfr. Urkunde desselben Receuil etc. XVIII p. 553 n. a. Von jetzt urkundet Ferd. wieder in Flandern.
⁵) p. 529.
⁶) p. 541.

sissent tanquam domino suo hereditario, si ipse comes eos suscipere voluisset; sed quia illi ad dominum regem Francorum ex parte filii sui Ludovici, nepotis comitis Hanoniensis, devenire debebant, fidem suam in aliquo ledere noluit ¹). (Folgt, dass namentlich die Bürger von St. Omer des Königs Leute nicht aufnehmen wollten ohne ausdrückliche Zustimmung Balduins: was ihnen viel Verfolgungen vom König eintrug „cum ipsi ordine iusto incedentes a iusto herede Flandrie recedere nolebant, nisi de illius assensu plenario") ²); October 1191: „De iusto dotalicio suo tunc domino regi reliquit (die Wittwe Mathilde) Sanctum Audomarum et Ariam, que post ipsius Mathildis decessum ad domini regis Francorum filium parvulum Ludovicum iure hereditario devenire debebant"³). Also ziemlich bei jeder Gelegenheit hebt er das Recht Frankreichs und der Mathilde hervor. Und doch war er — auch nach dem Tode Balduins VI⁴) — gut flandrisch genug, um dies nicht zu thun, wenn er zu einer Zeit geschrieben hätte, wo dies Recht von flandrischer Seite bestritten wurde. Die Rechtsansprüche der Gegner nicht ohne Veranlassung übermässig betonen, das kann noch nicht einmal heissen: parteilich sein. —

Wenn G. in seinen Genealogieen innerhalb einer Familie einmal bis zu einer gewissen Generation hinab geht, so will er dann auch vollständig sein, indem er entweder alle Kinder nennt oder doch sagt, dass er nur gewisse, nicht alle nenne; er beschränkt sich hier etwa nicht auf die, welche in seiner Chronik sonst eine Rolle spielen, sondern nennt viele sogar ganz ausdrücklich, die bei ihm gar nicht

---

¹) Das ist hier so besonders hervorgehoben mit Rücksicht auf Philipps späteren Versuch, Balduin das ihm Zustehende zu entreissen. Hier heisst es denn von Philipp (Januar 1192) „non considerans, quod ipse comes erga ipsum, super parte illa que ad ipsum et filium eius Ludovicum devenerat, fideliter egisset, cum ipse comes in primis terrarum occupationibus domino regi contrarius nimis extitisse potuisset". p. 578 (Z. 43—45).
²) p. 574.
³) p. 576 (Z. 15—17).
⁴) s. S. 20 n. 5.

mehr vorkommen. — Wenn er daher unter den Nachkommen Heinrich II von England die zweite Tochter als Gattin Heinrichs des Löwen nennt und hinzufügt: „qui de ea filium habuit Henricum probum et vividum"[1]), so muss ich annehmen, dass er von einem zweiten Sohne, von Otto, Nichts gewusst hat. Nach Juli 1198, wo dieser Otto — besonders auch auf Balduin VI gestützt — zum römischen König erhoben worden war, wäre dies natürlich nicht möglich gewesen; ja nach dieser Zeit wäre er wohl, selbst abgesehen von obiger Auseinandersetzung, G. wichtig genug erschienen, um unter allen Umständen erwähnt zu werden. Dass G. vor 1198 von Otto nichts wusste, war sehr wohl möglich. Dieser war 1196/7 noch jung genug (etwa 20 Jahr alt), um von Jemandem, der an der Westgrenze Deutschlands lebte, übersehen werden zu können; auch war er am englischen Hofe erzogen worden, nur kurze Zeit als Geisel für das Lösegeld König Richards in Deutschland gewesen, dann wieder zu seinem Oheim gegangen, von dem er in den nächsten Jahren die Grafschaft Poitou erhielt[2]). Also schrieb G. vor 1198, so kann die Nichterwähnung nicht befremden[3]); im anderen Falle würden die künstlichsten Deutungen kaum eine Erklärung dieses Umstandes geben können.

Von Otto komme ich auf seinen Rivalen, Philipp von Schwaben. G. erzählt die Vermählung Kaiser Friedrich I mit Beatrix und sagt dann: „et de eadem uxore filios habuit Henricum Romanorum imperatorem et Sicilie regem et Fredericum ducem Suevorum et Ottonem comitem palatinum et Conradum ducem de Rodinburch et Philippum clericum, de quorum gestis in subsequentibus dicemus"[4]).

---

[1]) p. 513 (Z. 42).
[2]) Nach Toeche: Heinrich VI p. 305 n. 3 war Otto am 12. December 1194 bereits wieder bei Richard. s. sonst Scheffer-Boichhorst (Forschungen etc. VIII) p. 502 und 562 n. 1 (Radulph. de Coggeshale bringt die Belehnung mit Poitou ad 1196).
[3]) Noch weniger ist dies bei den übrigen Söhnen Heinrichs des Löwen der Fall. Denn Lothar starb schon October 1190 als Knabe zu Augsburg (Toeche p. 125), und Wilhelm von Wincestre wurde erst 1184 geboren.
[4]) p. 517(Z. 8—10).

Philipp kommt sonst in der Chronik nicht vor. Hier heisst er „clericus"; neben ihm erhalten die Brüder die Titel, welche sie zuletzt trugen, mit Ausnahme Konrads, vielleicht, weil dieser neben Friedrich nicht ebenfalls Herzog von Schwaben genannt werden konnte. Am bezeichnendsten ist die Titulatur Heinrichs, der in dem chronologischen Theile der Chronik vor der Kaiserkrönung, den 15. April 1191[1]), mit gewohnter Gewissenhaftigkeit nur rex, dann imperator genannt wird und „rex Sicilie" von G. dort sicher erst nach 1194 — also nicht weit vom Schlusse der Chronik — genannt worden wäre[2]), wenn es dem Autor überhaupt gefallen hätte, dem Kaiser diesen volltönenden Titel zu geben. Wird er also an jener Stelle — die der Einleitung angehört — schon „Romanorum imperator & rex Sicilie" genannt, so beweist dies, dass G. hier die Titel anwendet, die die betreffenden Personen entweder zur Zeit, da er schrieb, trugen oder die sie, soweit seine Kenntniss reicht, überhaupt erlangt hatten. Dass er also 1202 oder später Philipp nicht clericus nennen konnte, leuchtet ein; wie er ihn auch sonst nennen mochte, keineswegs hätte er doch den römischen König, und sollte er ihn auch als Prätendenten betrachtet haben[3]), ohne weitere Andeutung „Kleriker" genannt. — Für eine frühere Zeit lässt sich das ohne allzugrosse Schwierigkeit erklären. Bis October 1192 ist Philipp als Propst von Aachen nachweisbar[4]); erst 1189 hatte ihn der Kaiser nach Köln

---

[1]) p. 573.

[2]) Die Krönung fand den 25. December 1194 statt (Toeche p. 324). G. selbst sagt zu 1194 nach Erzählung des Lütticher Krieges von December 1194/Januar 1195: „Eodemque anno ipse dominus imperator Romanorum Henricus defuncto Tancredo regnum Sicilie et ducatum Apulie iure adeptus est" p. 591.

[3]) Januar 1200 tritt übrigens Flandern durch den Frieden mit Frankreich von der welfischen Partei zurück, um erst 1213 sich wieder für Otto am Kampfe zu betheiligen. — An den beiden Stellen, wo in der Chronik von dem Streite des Kaiser Friedrich mit Heinrich dem Löwen die Rede ist, steht G. sehr entschieden auf Seite des ersteren. p. 513. 517.

[4]) Toeche p. 218 n. 2 (Reg. Nr. 197 p. 659).

gegeben, um ihn dort zum Kleriker erziehen zu lassen¹). Mai 1194 zieht er mit Heinrich VI nach Italien, wird dort März/April 1195 zum Herzog von Tuscien erhoben und mit der griechischen Prinzessin Irene verlobt²). August 1196 wird er dann Herzog von Schwaben³), kehrt nach Deutschland zurück und feiert erst im Mai 1197 seine Schwertleite und seine Vermählung⁴). In der Zwischenzeit war er nur einmal, September/October 1195 zum Kaiser nach Deutschland gekommen. — Dass nun G. von der Erlangung jener tuscischen Herzogswürde 1195 Nichts erfahren hatte, ist leicht denkbar. Mit Anfang 1192 war G. nicht mehr in Deutschland gewesen und hatte sich wahrscheinlich überhaupt schon etwas vom politischen Leben zurückgezogen⁵); während er bei der ersten sicilischen Expedition des Kaisers von den Vorbereitungen und dem Zuge selbst so genaue Nachrichten bringen kann⁶), findet sich über die zweite nur die unbestimmte Notiz: „Eodemque anno (1194) ipse dominus imperator Romanorum Henricus defuncto Tancredo regnum Sicilie et ducatum Apulie iure adeptus est"⁷). Dass er aber nach August 1196 den Herzog von Schwaben noch Kleriker genannt hätte, ist mir schon fraglich; fraglicher, dass er dies nach Mai 1197, nach der feierlichen Schwertleite und Vermählung des jungen Fürsten gethan hätte; nicht fraglich aber, dass er es nicht nach 1198, nach der Erhebung desselben zum römischen König, gethan haben kann.

Ich will nun noch Mehreres anführen, das an sich nicht gerade als beweisend angesehen werden dürfte, doch aber als weitere Stütze einer, wie ich glaube, schon begründeten Behauptung dienen kann. Februar 1188 nimmt Heinrich von Löwen das Kreuz; „qui citius,

---

¹) „Philippum vero minimum cuidam scolastico Coloniensi in clericum educandum commisit." Hugonis Chronici Continuatio Weingartensis codicis 2 (Mon. Germ. SS. XXI) p. 478.
²) Toeche p. 330. 351 n. 4. 364 n. 1 cfr. p. 470 n. 2.
³) Toeche p. 440.
⁴) Toeche p. 470. Diese Daten sind genügend belegt.
⁵) S. 6.
⁶) p. 570 (Z. 14—22. 37—41). 572 (Z. 50—52). 574 (Z. 39—48). 575 (Z. 1—8).
⁷) p. 591 (Z. 20/1).

abiecta cruce guerrarum insultus longe lateque multos movit¹); ebenso kurz darauf Heinrich von Limburg und seine Söhne Heinrich und Walram; „qua cito abiecta, multa mala & guerras per imperium moverunt"²). Unmittelbar nach der letzteren Notiz heisst es, auch Graf Gerard von Los habe damals das Kreuz genommen, habe aber erst nach mehr als 5 Jahren die Fahrt angetreten³); der Graf von Hochstaden nach 2 Jahren, sei aber auch dann in Apulien beim Kaiser geblieben. Nun sind aber 1197 auch Heinrich von Löwen und Walram von Limburg nach Palästina gegangen⁴), und ersterer wurde dort in demselben Jahre sogar auf eine Zeit lang der Nachfolger des von G. so sehr gefeierten⁵) Heinrich von Champagne⁶). Schrieb der Autor also nach diesen Vorfällen, die ihm nicht unbekannt geblieben sein können, so hätte man wohl bei jenen Nachrichten von Heinrich und Walram eine gleiche Andeutung wie bei denen von den Grafen von Los und Hochstaden erwarten dürfen: wenn auch die Fälle möglicherweise nicht ganz analog sind, da Gerard und Dietrich das Kreuz nicht abgelegt haben, wie es von Heinrich und Walram gesagt wird.

Eustach von Ruez (Roeulx) hatte 2 Söhne und 2 Töchter. Der älteste Sohn, Nicolaus, wollte von den Wissenschaften nicht ablassen, sondern Kleriker bleiben und dem Bruder die Erbschaft überlassen. „Hic equidem Nicolaus", heisst es, „satis litteratus et moribus honestis ornatus, clericus mansit bonis ecclesiasticis ditatus"⁷). In der

---

¹) p. 555 (Z. 13—15).
²) p. 556 (Z. 3—5).
³) Bis Februar 1194 kommt Gerard noch in der Chronik vor p. 586 Z. 21) cfr. p. 585 (Z. 25), kurz darauf tritt er wohl den Kreuzzug an; in der ersten Hälfte des Jahres 1197 zeichnet schon sein Sohn Ludwig als Graf von Los (Butkeno: Trophées du duché de Brabant. tom. I pr. p. 49), ist also Gerard schon todt.
⁴) Annales Reineri ad 1197. Sigeberti Contin. Aquic. ad 1197 und sonst. Heinrich von Löwen urkundet Juni 1197 „in procinctu peregrinationis nostre" in Rheims Mir. III p. 66.
⁵) p. 573. 579.
⁶) Ann. Reineri ad 1197. Sigeb. Cont. Aquic. ad 1197.
⁷) p. 505 (Z. 27—30).

Chronik kommt Nicolaus dann noch einmal als Archidiakon von Cambray vor[1]); die Urkunden lehren uns, dass er ausser dieser Würde 1195/6 auch die eines Propstes von Ste. Wandru in Mons bekleidet habe[2]). Aber in der zweiten Hälfte 1196 oder im Jahre 1197 wurde er Bischof von Cambray[3]). Aus G.' sonstiger Gewohnheit zu schliessen, ist es mir sehr unwahrscheinlich, dass er dies an jener Stelle nicht besonders erwähnt hätte, wenn er es schon gewusst hätte. Unbekannt konnte ihm wohl Nicolaus, dessen Stellvertreter er selbst in Ste. Wandru war, besonders da der Bischof von Cambray sein Diöcesanbischof war, natürlich nicht bleiben.

Es liesse sich noch erwähnen, dass G., als er die 4 Söhne Heinrich II von England nennt, die Persönlichkeit der 3 älteren charakterisirt; nur von Johann, der 1199 König wird, weiss er nichts weiter zu sagen, als dass er „Sineterra" genannt worden sei[4]).

Schliesslich will ich noch eine Nachricht des Jacques de Guise anführen. Dieser sagt: Balduin VI „a magnis suarum patriarum clericis inductus, fecit historias a mundi creatione abbreviatas usque

---

[1]) p. 558 (Z. 11).
[2]) In Urkunde Balduin V vom 8. December 1195 als Zeuge. Duvivier: Recherches sur l'ancien état de Hainaut II p. 657/8 cfr. Arndt Reg. Nr. 20 ebenso in 2 Urkunden Balduin VI vom Februar 1196 Duvivier II p. 663/4. cfr. Arndt Reg. Nr. 27, Mir. I p. 109 cfr. Arndt Reg. Nr. 29 (wo aber 2 Urkunden verschiedenen Inhalts zusammen citirt sind, über die zweite s. u. n. 3).
[3]) Eine Urkunde Balduin VI v. Februar 1196 Duvivier II p. 660—663 (nach Le Glay, der jedoch nur eine moderne Copie vor sich hatte) bringt unter den Zeugen: „Nicolaus de Ruez Cameracensis episcopus, eiusdem ecclesiae (Ste. Wandru) praepositus". Es ist jedenfalls, wie in den beiden anderen Urkunden Balduin VI v. Februar 1196 (s. o. n. 2) „Cameracensis archidiaconus" zu lesen; denn alle 3 sind für Ste. Wandru ausgestellt, und namentlich diese und die bei Duvivier II p. 663/4 haben wesentlich dieselben Zeugen, sie sind also wohl alle von demselben Tage. Johann, der Vorgänger des Nicolaus, starb nach Sigeb. Cont. Aquic. ad 1196 zu Amiens während der Kämpfe Königs Philipp August in der Normandie, letztere fallen Juli/Aug. 1196 (Guillelm. Neubrig [Receuil etc. XVIII] p. 53. cfr. Sigeb. Cont. Aquic. ad 1196. Delisle, Catalogue Nr. 502 [Urkunde Philipps von Juli 1196 „apud Albam Mariam (Aumale)]), die Wahl Nicolaus' bringt Alberich ad 1197.
[4]) p. 513 (Z. 33—40).

ad tempora sua, sub brevi epilogatione recolligi atque conscribi et specialiter historias quae tangere videbantur patrias atque genealogias a quibus ipse derivari credebatur, de quibus nonnullas in praecedentibus huic operi annotavi; quas in gallicano idiomate redegi fecit, quae ab ipso historiae Balduini nuncupabantur"[1]). Dies muss vor April 1202 geschehen sein, wo Balduin nach Konstantinopel aufbricht, um nicht wieder zurückzukehren [2]). Und doch findet sich bei G. keine Andeutung davon, dass er diese „historiae Balduini" benutzt habe, im Gegentheil, auch die Thaten und Genealogieen der früheren Grafen von Hennegau und Flandern musste er „ex scriptis quamplurium ecclesiarum" sammeln [3]). Die Genealogieen der Hennegauer Grafenfamilie hat Guise, der ja sonst fast die ganze Chronik wörtlich abschreibt, nicht aus G.: dies setzt eine Vergleichung der beiden Texte — mit Berücksichtigung der Art wie Guise benutzt — ausser allem Zweifel. Er selbst sagt (s. o.), er habe einige dieser gesta und genealogiae aus den romanisch geschriebenen „historiae Balduini" gezogen; einmal giebt er als Quelle für diese Genealogieen an „Ex historia Hannoniensi in vulgari. Balduinus et Almericus"[4]). Aus letzteren beiden hat er wohl nur Zusätze [5]); wo Guise selbst sich so deutlich ausspricht, weiss ich nicht, warum

---

[1]) Annales Hannoniae L. XIX c. 5.
[2]) April 1202 urkundet er „Jerosolymam profecturus, cum per monasterium Claraevallenses transitum facerem" Mir. III p. 74 (cfr. Mir. I p. 724 vom 28. März „Jerosolymam profecturus tempore discessus mei", wo das Jahr zwar 1200 angegeben ist, aber wohl 1202 heissen muss, da es 1200 in Flandern gar keinen 28. März gab und Balduin damals auch nicht sagen konnte „tempore discessus mei"). Nach Ville-Hardouin c. 24 setzten sich die Pilger „après la Pasque (14. April) entor la Pentecoste" (2. Juni) in Bewegung.
[3]) s. das Citat S. 30 n. 1 cfr. S. 27 n. 3.
[4]) L. XVI c. 7.
[5]) Wenn aber Wilmans (in Pertzs Archiv IX p. 365 ff.) Balduin und Almerich für Quellen des 12. Jahrhunderts hält, so ist dies wohl nicht möglich nach Guise L. XVII c. 1, wo Guise von den Töchtern des Raoul de Coucy sagt „de quibus notabilissima progenies pullulavit, prout patet in historiis Balduini & Almerici"; dies konnte im 12. Jahrhundert schwerlich berichtet werden.

man nicht annehmen will, dass diese „historia Hannoniensis in vulgari" jene Compilation Balduin VI sei. — Dem Guise steht in diesen Parthieen das Chronicon des Baudouin d'Avesnes sehr nahe, und Beide müssen, da es zweifellos ist, dass Guise den viel ausführlicheren Baudouin nicht benutzt hat¹), hierfür eine gemeinsame Quelle benutzt haben²), die also eben jene Compilation Balduin VI wäre. G. gegenüber ist hier besonders die Ordnung des Stoffes beweisend, die Guise und Balduin gemeinsam, aber abweichend von jenem haben. Diese Quelle des Guise und Balduin steht aber nun wiederum in vielen Punkten G. so nahe, dass sie mit ihm in irgend einer Beziehung gestanden haben muss. Und hier lassen nun manche Spuren vermuthen, dass G. von jener anderen Quelle d. h. bei der Compilation Balduin VI benutzt worden sei³). — Dann freilich könnte G. nicht nach Ostern 1202 geschrieben haben: aber die ganze Frage bedarf wohl eingehenderer Untersuchung auf Grund zunächst einer kritischen Ausgabe des Baudouin d'Avesnes, dessen französischer Urtext noch gar nicht gedruckt ist⁴).

---

¹) Obwohl Guise dem Baudouin, wie gesagt, hier viel näher steht, als dem G., bricht er doch stets da ab, wo es G. thut, während Baudouin die Genealogieen oft noch um ein Jahrhundert weiter hinabführt. Dass der von Guise citirte Balduinus und Baudouin nicht identisch sind, zeigt Emile Gachet (Les Chroniques de Baudouin d'Avesnes im compte-rendu des séances de la commission royale d'histoire IIme série t. 9 Bruxelles 1857 p. 265—319) p. 269—271. Guise schrieb Ende des 14. Jahrhunderts, kann also nicht von Baudouin benutzt sein.
²) Aehnlich fasst dies auch Gachet (a. a. O.) n. 1 (besonders p. 266—274) auf. Nur lässt er dies Chronicon in vulgari von den durch Guise citirten Balduin & Almerich verfasst sein; dass aber diese von dem Chronicon in vulgari zu trennen sind, weist Wilmans nach (a. a. O).
³) Auch Wilmans (a. a. O.) nimmt an, dass das Chronicon in vulgari sich auf G. stütze; Arndt (p. 490), dass in dem „Chronicon Balduini" (dem von Guise citirten Balduinus oder der Compilation Balduin VI?) und von Baudouin d'Avesnes G. benutzt worden sei. Gachet spricht sich über das Verhältniss zu G. nicht aus.
⁴) Der lateinische Text ist herausgegeben als Chronicon Balduini Avennensis etc. von Jac. Le Roy Antverpiae 1693 (auch d'Achéry Spicilegium VII p. 584—621 [ed. nova III p. 286]); Arndt scheint eine neue Ausgabe vorzubereiten (s. p. 490 n. 47. p. 493 n. 84). Der französische Text scheint jetzt allgemein

Diese Argumente werden genügen, um zu beweisen, dass G. seine Chronik nicht nach Ostern 1202 verfasst haben könne[1]): jene Worte „et postea episcopum" müssen also späterer Zusatz sein gleich jener grösseren Stelle, von der ich dasselbe oben[2]) erwiesen habe. Ob auch dieser Zusatz von G. selbst herrühre, kann nicht entschieden werden, so lange wir nur eine Handschrift aus dem 15. Jahrhundert besitzen[3]).

Fast alle angeführten Argumente wiesen uns für die Abfassung auf die Zeit vor 1200, mehrere vor Mitte des Jahres 1198 (Eroberung von Aire und St. Omer, Erhebung Ottos und Philipps zu römischen Königen), die engsten Grenzen setzt uns der Krieg über die Namursche Erbschaft, der 1197 beginnt; dazu kamen die Kreuzfahrt Heinrichs von Löwen und Walrams von Limburg (Juni 1197) und die Schwertleite und Vermählung Philipps von Schwaben (Mai 1197) und die Wahl Nicolaus von Roeulx zum Bischof von Cambray (vielleicht schon Ende 1196) (Philipp, Herzog von Schwaben, schon August 1196). Wollte man also die Abfassungszeit der Chronik etwa bis Ende 1197 hinausschieben, so müsste man schon mehrere Unwahrscheinlichkeiten in den Kauf nehmen. Andrerseits ist mir Nichts bekannt, das uns

---

für den ursprünglichen gehalten zu werden (Gachet a. a. O. p. 265/6). Eine Ausgabe derselben hatte Reiffenberg vor (Gachet p. 266), ebenso versprach er 1844 die Compilation Balduin VI herauszugeben „car nous avons quelque raison de nous flatter de les avoir retrouvées (Monuments etc. I p. VIII); doch ist meines Wissens bis jetzt keines von beiden erschienen. (Pothast giebt an, es sei ein französischer Auszug des Baudouin vorhanden und edirt als „Le livre de Baudoyn" par Lerrure & Voisin. Brux. 1836. 8°; ich habe aber hierin Nichts von dem lateinischen Baudouin finden können).

[1]) Mit Ausnahme des letzten sprechen alle ebenso gegen die Zeit nach Februar 1200.
[2]) S. 45—47.
[3]) Guise lässt diesen Theil der Genealogie fort (L. XVII c. 1). Baudouin d'Avesnes (ed. Le Roy) c. 17 sagt: „cui plures peperit filios Milites et unum Clericum, postea Episcopum Leodiensem"; doch fügt er vieles hinzu; so unmittelbar vorher „cui peperit (Konstanze dem Kaiser Heinrich) Fredericum de Apulia puerum, postea Imperatorem", wo übrigens cui puerum schon seine Quellen gehabt zu haben und nur das „postea Imperatorem" eigener Zusatz zu sein scheint.

nöthigte, die Abfassungszeit über den März 1196 (Schluss der Chronik) hinauszuschieben [1]). Im Gegentheil, die Form des Schlusses macht es sehr wahrscheinlich, dass G. im März 1196 geschrieben habe. Er giebt in seinem Werke die Geschichte Balduin V. Als er dessen Tod (18. December 1195) meldet, überblickt er in einem kurzen Lebensabrisse des Grafen noch einmal den ganzen Inhalt seiner Chronik [2]). Dann nennt er sich als Verfasser und nennt die Quellen seines Werkes [3]). Jetzt, sollte man meinen, schliesst die Chronik. Statt dessen wird nun [4]) erzählt, wie die Söhne die Erbschaft theilten, wie dann im Februar 1196 Balduin VI dem Bischof von Lüttich für den Hennegau huldigt. So weit könnte man glauben, der Autor habe diesen Nachtrag als Ergänzung seines Werkes für nöthig gehalten. Dann aber wird aus dem März eine Wallfahrt der Gräfin Marie und der Mathilde von Brabant zum heil. Egidius berichtet; und endlich — dies nun abschliessend, ohne Zeitangabe und wie wir aus den Urkunden wissen, nicht an der gehörigen Stelle [5]) —: „Hic eciam comes Flandrensis et Hanoniensis omnia supradicta, que pater eius et avus Montensi ecclesie confirmaverunt, scilicet de concambio Braine-Wilhotice et... (er nennt hier Alles, was nach seinen vorhergehenden ausführlichen Berichten Balduin V auf seinem Sterbebette für den Stift Ste. Wandru beurkundet hat)... scriptis et sigillo suo diligenter confirmavit". — Wer alles dieses unbefangen liest, kann sich nach meiner Meinung kaum dem Eindrucke verschliessen, als ob das Werk, kurz nach dem Tode Balduin V begonnen, mit diesem hätte abschliessen sollen, in dem Folgenden aber noch einige Vorfälle nachgetragen worden seien, die

---

[1]) s. S. 52/3.
[2]) p. 600.
[3]) s. das Citat S. 30 n. 1.
[4]) p. 601.
[5]) 4 dieser Urkunden sind erhalten und alle vom Februar 1196 datirt. Arndt Reg. Nr. 26, 28, 29ª, 29ᵇ. (s. S. 65 n. 2).

sich während des Schreibens, resp. bis zum Schlusse der Arbeit ereignet hatten [1]).

Ich halte es demnach für sicher, dass die Chronik vor Mitte 1198, für mehr als wahrscheinlich, dass sie März oder April 1196 abgeschlossen worden sei.

---

[1]) Dass G. nun das einmal begonnene Jahr bis zu Ende führen wollte (Ostern fiel 1196 auf den 21. April), ist mir viel weniger wahrscheinlich. Für G. ist in der Chronik der Jahresabschnitt nicht einschneidender als der des Monats und Tages, er folgt eben überhaupt dem chronologischen Verlaufe; wo er von diesem abweicht, scheut er sich ebenso wenig, die Jahresgrenze als die des Monats, zu überspringen. (s. die Beispiele S. 37).